一升桝の度量

池波正太郎

ハルキ文庫

角川春樹事務所

目次

一升桝の度量

I　歳月を書く

一升ますには一升しか入らぬ

明治以来、日本人の〔収支〕における感覚は鈍くなる一方だ。

〔収支〕というからには、収入と支出についてのことだが、これは何も商売や家計の経済的な感覚のみをさすのではない。

ないがしかし、根本は一つである。

たとえば……。

この〔日本〕という小さな島国を一升マスにたとえてみようか。

それは実に、一升しか入らぬ小さな国土なのである。

戦後、その小さなマスへ、一斗《と》も二斗もある宏大な国に生まれた機械文明を取り入れてしまい、国土も国民の生活も、これに捲《ま》き込まれて、どうしようもなくなってしまったのだ。

経済成長を目ざした日本は、一升のマスへ二斗も三斗も入るという過信を抱き、むりやりに、それを押し込んでしまった。

人間が歩むべき道を車輛《しゃりょう》が犯し、その車輛を収納する車庫をもたぬ人たちが、多量に自動車を乗りまわすことになった。

人をひき殺して、賠償金が払えぬ若者の母と祖母が沼に身を投げて、殺された人の遺族にわびたというはなしもある。

これは一例にすぎない。

すぎないが、しかし、このはなしは、現代日本の、「万事を、ものがたっている……」のである。

やむを得ず、経済成長に踏み切らなくてはならないのなら、どこまでも、一升マスには一升しか入らぬということを、しっかり頭へ入れておくべきだったのだ。それならば、法律を武器にして、国民生活の崩壊を、かなり喰《く》いとめることができたろう。経済成長よりも先に、国民を守る法律を決めなくてはいけなかった。順序が狂っているのだ。

戦前の西洋文明というものは、ヨーロッパのものが主体で、アメリカも、これにならっていた。フランス・イギリス・ドイツなど、小さな国土に生まれた伝統のある文明ゆえ、同じ小さな日本にも、うまく似合ったのである。

ところが、戦後のアメリカには、戦争による科学と機械の発達が、そのまま平和時代の文明として大きくひろがり、日本のみか、ヨーロッパも、「便利……」の一点を買い、その新奇なメカニズムに酔《よ》い痴《し》れてしまった。

それが、よい悪いという段階は、もはや通りすぎてしまったといってよい。一個の動物にすぎぬ人間の肉体は、もう、どうにもやりきれなくなってきている。

するとまた、一部の政治家が、

「皇居を東京から他へ移し、交通を便利にしたい」

などと、いい出す。これも、収支の感覚がゼロだから、こういうことをおもいつくのだ。

東京の地図をひろげて見れば、皇居がしめるスペースが、どんなに小さなものか、そして小さくて大切なものかが、だれの目にもたちどころにわかるはずだ。こんな小さなものを他に移したところで、交通地獄がどうなるものではないのである。

あきれはてて物もいえぬことを、一部の政治家や文化人なる人びとはいい出すものだ。

さすがに、このごろは、

「いくら借金をしてもいいから、いまのうちに大きな邸宅を建ててしまおう」

などという成り上り者も、すこしは減ったようである。

とはいうものの、私なども、私という一個の、小さな肉体の機能を忘れかけてしまうことが多い。

五十をすぎた男が出来得ることは、もう決まっている。

そのことを絶えず忘れぬようにしながら、仕事もし、生きてもいるのだが……。

維新の傑物　西郷隆盛

（1）

明治以来、西郷隆盛《さいごうたかもり》に対する評価は三転している。

戦前までの国民的英雄としての讃仰は、いまも残る上野公園内の銅像に、もっともよくあらわれており、現在でも芝居や映画に出て来る西郷は、みんな、この銅像のイメージから抜け出ることができぬようだ。

太平洋戦争中、金属供出のために多くの銅像が破壊せられたが、この西郷の銅像だけは、ふしぎに生き残っている。

だが、戦後になると、西郷隆盛の評価は見るも無残に下落した。戦後十年たっても、そのころの書物を見ると、

「命もいらず、名もいらず、官位も金もいらぬ人――との西郷の遺訓が、政治家にはめずらしい清廉潔白の美徳のあらわれと受けとられる。歴史の進行に追い越されて政治を指導

する力をもつことができず、かくて主体性を失ってロボット化したことに、ほんとうの原因があったかもしれない現象が、清濁あわせのむ式の大きな包容力をもった大人物の証拠と理解されたのであった」

などと記されている。

これは一時流行し、いまも濃厚に尾をひいている〈進歩的史観〉というものから見た西郷観なのだが、

「一八六八年の王政復古を実現した過程は、彼がその風貌《ふうぼう》に似合わず、謀略を得意とする策士であったことをしめしている」

さらに、

「西郷は薩摩《さつま》の地方ボスにすぎぬ」

とか、

「維新後、武士が封建的特権を失い、下級士族の多くが生活に窮するようになると、彼らの利益を代表する隆盛は政治的生命が危くなった。そこで彼は征韓論を主張し、朝鮮との戦争をひきおこすことによって下級士族の不平を外に発散させ、また陸軍元帥としての勢威を保とうとした」

とか、およそ観念的な評価によって西郷は値ぶみをされつづけてきた。

ところが、いまジャーナリズムがさわぎたてている例の〈明治百年〉が近づくにつれ、

またも西郷の人気は復活しつつあるようだ。

先日、筆者が大阪での常宿にしている〔Dホテル〕の女中さん二人が東京見物に来たので、昼飯を共にし「まず、どこが見たいか」と、きくや、若い彼女らが口をそろえ「うちら、西郷さんの銅像、見たいわァ」と、いうではないか……。

地下の西郷は、三転した自分への評価を何と思っていることか、おそらく苦笑をうかべているにちがいない。

西郷隆盛は、いまから約百四十年前に生まれた。父は薩摩藩の小役人だが、俗に〔お由《ゆ》羅《ら》騒動〕とよばれた島津家のお家騒動の後、新たな薩摩藩主になった島津《しまづ》斉彬《なりあきら》に見出《みいだ》され、西郷は、大久保利通と共に尊王運動の立役者となるに至ったのである。

薩摩七十七万石の殿さまとなった、この島津斉彬については戦後の書物も悪くいわぬ。

「彼は改革派藩主の雄であった」

と、のべている。

たしかに、その通りで、この島津の殿さまは自分の利益だとか、自藩の安泰なぞをほとんど考えなかった、といってよい。明治維新前の、あの内外共に騒擾《そうじょう》をきわめた国難に対し、薩摩藩をひきいて猛然と起《た》ったわけだが、急死をした。

海音寺潮五郎氏は、最近、こういう発見をされたそうだ。

「西郷は尊敬する君主・斉彬が毒殺されたと信じ切っていたらしい」

つまり、あまりにも斉彬が新時代に対する準備に金をつかいすぎ（彼の城の中には電信機があって、これで用事を連絡し合ったという）、政治的にも幕府的政治の改革のため、保守的な家老や重臣たちがはらはらするようなことを平気でやってのける。

「斉彬公をこのままにしておいたら、お家はつぶれてしまうぞ」

というわけで、重臣たちは前藩主・斉興《なりおき》の妾腹《しょうふく》の子・久光《ひさみつ》を立てようとした。それで斉彬の死を早めるための呪咀や調伏《ちょうぶく》の修法がひそかにおこなわれた。これは事実である。だから、斉彬が病名不明ともいうべき急死をとげたとき、西郷は「毒殺だ」と信じこんだ、というのであろう。ぼくも、これは「なるほど」と教えられた気がした。

とにかく、この前後の薩摩藩の内情は複雑をきわめていて、斉彬死後、藩の実権をにぎった久光に対し、西郷は死ぬまで心を合わせようとはしなかった。斉彬の死に対する悲嘆が久光への怒りになって向けられたというべきか――。

このため、久光も西郷をにくみ出し、せっかく召し出した彼を二度も島流しにしてしまっている。

西郷が、はじめに奄美《あまみ》大島へ流されたときのことだが、あの井伊大老暗殺の知らせがはいった。

これをきくや、

「何よりも祝い酒じゃ」

と、妾《めかけ》にしていた島の女・愛子《アイガナ》に命じ、たちまちに一升余の芋酒をのみほすや、

「ああ愉快《よか》、愉快《よか》」

わめき、感泣し、ついには感きわまって素裸となり、みずからの陰毛を引きむしって、あたりへまきちらしつつ、躍りまわったそうだ。

井伊大老の勤王運動弾圧のすさまじさは周知のことで、斉彬という主柱を失った西郷が幕吏の追跡をのがれきれず、僧月照と抱き合って海に投じた話は、よく知られている。

井伊の死をよろこぶ気持ちもよくわかるが、それにしても、このころの彼の情熱の激さ、その野生的な人柄は、この〔陰毛をひきむしって……〕の一事に、よくあらわれている。狂人でも何でもない。薩摩男の代表そのもののような躍動感にみちみちた挿話だと、ぼくは思う。

こういう西郷だから、島津久光も、ずいぶん持てあましたらしい。久光も、そのころの他の大名にくらべて、それほど見劣りするような人物ではないのだが、西郷から見ると、

「先君（斉彬）にくらべたら、まるで子供でごわす」

と、いうわけだ。

このときから約九年にわたって、維新前夜の血なまぐさい騒乱がつづき、前にのべた
「……西郷がその風貌に似合わず、謀略を得意とする策士であったことをしめしている」

と、彼が評価されるようなすさまじい時代となる。

むろん、薩摩藩の事実上の指導者は西郷であったが、その代わり、彼がおぼえもない〔謀略〕や〔事件〕の責任まで、すべてを彼が背負わねばならないこともあった。

史書の記述というものは全くおかしなもので、維新前夜における薩摩藩の謀略は、みな西郷の指令によるもののように書かれてしまう。

後に、西郷隆盛は、革命成って後の明治新政府の腐敗堕落ぶりを見て、たまりかね、こういっている。

「おいどんは、新しい時代が来ねば我国はつぶれると思えばこそ、古き世をほうむったのでごわす。いま、新政府の重き役職に就《つ》いておらるる方々も、みな、そのつもりではたらいて来たのじゃごわせんか。ところが、でき上がった政府は、こげなもんでごわしたか。これでは、あの血なまぐさい世に死んで行った人びとは、みな無駄死じゃ。何のために、あのような騒ぎをおこしたのか、わからぬことになりもそ」

（2）

太平洋戦争で、あのように酸鼻な敗戦ぶりを味わった日本が二十年を経たいま、保守、革新入りみだれて子供の喧嘩《けんか》よりも笑止な論戦をおこなう議会の場面をテレビ中継で見る人は、あきれ果てて言葉も出ず、空《むな》しい絶望感に抱きすくめられずにはいまい。政治というものの表裏がわかりすぎているほどの人でも、顔をしかめざるを得ない低劣さだ。

維新後の西郷隆盛も、これであった。

新政府ができて五年もすると、前には木綿の着物をまとい、汗と血にまみれて国家のために と駈けまわっていた連中が、新政府の軍人や役人となり、これが金鎖の外国時計を帯に巻きつけ、外国香水を頭や体にふりかけ、肩で風を切って歩きはじめる。

こんな連中が、むかし、自分たちが殿さまの前に平伏していたときのことを思い出し、小姓に刀をもたせ、自分の後にくっついてまわらせたりしている。

何のことはない、自分が殿さまになったつもりでいるのだ。

（こげなはずではなかった……）

西郷隆盛の舌うちが、きこえるような気がする。

西郷だって日本初代の陸軍大将に任じ、四百円という月給をもらっている。当時、百五十円で四間ほどの家が建ったというから月給四百円は大変な金だが、西郷は、この月給のつかいみちに、

「つくづくと困り果てた」

と、もらしているのだ。

月給なぞは一汁一菜の役と、身にまとう軍服さえまかなうことができれば、それで充分である、と思っている。だが、現代の大臣が「私は月給三万円ではたらきますから、みな

さんもそうして下さい」といったら、閣僚や議員は何というか。その大臣は狂人あつかいにされてしまうだろう。

現代は選挙民サービスに毎月五十万も六十万もかける議員がいるそうだが、〔明治百年〕を迎えんとする現代日本の、このありさまをもし西郷が見たら、

〔まだ、あのときの方がましでごわした〕

と、西郷は思うかも知れぬ。いや、思うより先に、びっくりして気絶してしまうであろう。

西郷が、岩倉具視《いわくらともみ》にあてた〔政治意見書〕の中に次のようなのがある。

一　政は正なり。要路執政の人びと公平至誠をもって人に推し、一事の詐謀を用《もち》うべからず。人の意表に出で、一時の愉快を好むがごとき、いましむべし

一　世は人心歓欣《かんきん》して流通するを貴び、大法をもうけてははなはだしきを制するまでにして、質素節倹などの令は必ず下すべからず。ただ、要路の人びとには質朴をおこなわせ、驕奪の風あらしむべからず

まだあるが、国民の心が互いによろこびにみちて通い合うようにし、たとえ国が困っていても、倹約令なぞを出してはいけない。ただし、国家のためにはたらくものは、国民が

見て「あんなに少ない月給で、あんなにはたらいてもらっては気の毒だ」と、思われるようにしなくてはいけないと西郷はいうのだ。

まさに、これ政治の本道であって、しかも西郷みずからは平然と実行している。

古い軍服をいつまでも、いつまでも着ているうちに、寸法が合わなくなってしまった。

というのは、西郷隆盛が一種の肥満病にかかり、ことに睾丸《こうがん》がふくれ上がって来て、ズボンをうけつけない。ボタンをはめておいても、いつのまにか外れてしまう。それでも、

「まだ破れぬうちは……」と着込んでいるものだから、ときどき、宮中の御前会議などで、

「西郷、ボタンが外れておる」

と、よく明治天皇から注意をうけたそうだ。

あるときは、天皇が、

「妙なものが見える。気をつけよ」

いわれて、さすがの西郷も顔面を紅潮させて立ちすくんだこともある。

これほどの西郷だから四百円の月給をどのようにつかったか、およそ知れよう。主として若い青年たちの勉学をたすけたようである。

あの〔征韓論〕にしてもそうだ。

戦後の書物が「朝鮮との戦争をひきおこすことによって下級士族の不平を外に発散させ、また陸軍元帥としての勢威を保とうとした」などと、きめつけているように、なんでもみ

な、西郷一人に、あの事件の始末を押しつけてしまっている。

国交を承知せず、日本を馬鹿にして暴慢なふるまいが多かった朝鮮に対し、

「戦うべし‼」

と叫んだのは、他の政治家や軍人である。

ぼくは、まだ見ていないが、西郷隆盛の孫にあたる西郷吉之助氏は、

「祖父が、右大臣・三条実美《さねとみ》にあてた書簡に、こういうのがある。それは——兵隊を朝鮮に出すという議論があるが、そんなことをすると戦争になりかねない。このさい、朝鮮と親善関係をむすぶ大使を派遣するのが先決だ。自分が腹をきめて談判してくるから、ぜひ使節にやってくれ——と、強く平和の遣韓使節を要望したものであった」

と、のべておられる。

〔大西郷全集〕中の、板垣退助〔参議〕にあてた手紙を見ると、

「……こちらから兵隊を送りこんでは必ず戦争となる。そうなれば、われわれの初めよりの考えとは大いに違って来てしまうから、断然、使節を先に送るべきだ。そうすれば決して向こうから暴挙はおこすまいし、もしも使節が殺害されるような事にでもなれば、それから兵を出してもよいではないか、そうなれば話は別で、戦争の名目も立つであろう」

と、西郷はのべている。この手紙を見て、

「自分は死ぬ気で朝鮮へ行き、戦争をおこすつもりだったのだ」

という見方をする人が今は多いのである。

だが、板垣退助は強硬な開戦論者であって、むしろ西郷は、これをなだめているのだ。

自分が使節として出て行き、話をまとめてくる自信をはっきりと西郷は持っていたようである。

後に、村田新八が、このことについて問うたとき、西郷は、

「あのとき、どんな口実をつけても、わしが朝鮮へ行きたかった。行けば、おそらく、おだやかに話がついたろう」

と、もらしている。

そして、西郷の使節就任はきまりかけたが、欧米視察から帰った岩倉、大久保など反対派の暗躍によって閣議は一変し、明治六年十月、ついに会議は決裂した。

そして西郷は破れ、官位の一切をすてて故郷・鹿児島へ隠棲《いんせい》することになる。

（3）

こんなエピソードがある。

明治四年ごろのことだろうが、あるとき西郷は宮内省へ用事があって出かけた。

夕暮れで、ひどく雨がふっている。

宮内省の門へ来て気がつくと、西郷は門鑑《もんかん》を忘れていたのだ。

「まことにすまぬが、急用なので通していただきたい」

門番にたのむと、

「門鑑がなければ通せませぬ」

若い男だが、きっぱりとはねつける。粗末な縞《しま》の着物に袴《はかま》をつけ、大小を横たえている大男が、まさか西郷隆盛だとは思わない。

「いかぬかな?」

「規則です」

「フム。そりゃたしかにそうじゃ」

こうなると、自分の名前で門を通るということができなくなるのが西郷である。

しばらく茫然《ぼうぜん》として雨にぬれたまま立ちつくしているところへ、岩倉具視が馬車でやって来て、

「何をしておられる?」

「いや、門鑑を忘れたので……」

そこで、岩倉が、

「けしからん、このお方は西郷陸軍大将じゃ」

門番を叱《しか》りつけた。

門番はびっくりしたが、それでも屈しない。西郷だろうと何だろうと、自分は門番とし

ての責任を果たすまでだ、というわけである。

岩倉右大臣はカンカンになったが、

「そりゃ、あんたが悪い」

西郷は岩倉をなだめ、国事の急用なのだから特別に見のがしてもらいたい、と門番に敬礼したそうだ。

「国事のためとあれば、仕方ないでしょう」

門番もようやくゆるしてくれたという。

この門番の青年、出身地も名も知れてはいないが、後に西郷が可愛《かわ》いがって、学問をさせ、立派な官吏になったらしい。

鹿児島へ帰ってからも、近辺の家へ買い出しに行き、野菜や米をのせた馬をひきひき、西郷が崖にはさまれた細い一本道まで来ると、向こうから来た農夫が、

「おい、じじい。お前、引っ返せ」

と怒鳴った。

その農夫も馬をひいている。どちらかが引き返して道をゆずらねばならない。

「しかし、お前《まん》さアが引っ返したほうが早よごわす」

ていねいに西郷がこたえると、

「うるさい。何いうちょッかい、じじいが下がれ。おいは急ぐんじゃ。下がれ、下がれ」

「はァい」

仕方なく、ひいた馬を苦労して後退させたというのだ。

こういう人物が、いかに近代国家の政治家などといわれる人々とは異質なものか、読者もおわかりのことと思う。

あの〔征韓論〕にしても——。

西郷は韓国の排日、鎖国の頑冥《がんめい》を解くべく、まず自分が使節となって朝鮮へおもむこうとした。

そのころの状況では、それが国交決裂と西郷の危険を意味するものとされ、ゆえに西郷の主張する和平交渉は、そのまま〔征韓主義〕として見られたのである。

だが、西郷は、和平交渉が絶対に成功するものとはいい切っていない。

「そりゃ、やって見ねばわからぬことじゃ」

であって、それはまた当然のことだ。

死を決していたのも事実である。

これに対し〔反対派〕閣僚は、欧米列強の威圧の前に、ようやく日本が新生の第一歩をふみ出したばかりの心細さを痛感しており、

「朝鮮と事をかまえるよりは、先《ま》ず内政をととのえなくては——」

であった。

欧米旅行から帰って来たばかりの彼らが、いかに外国列強の文明のひろさ大きさに瞠目《どうもく》したことか、

「ともあれ、お前さアもヨーロッパへ行って来なされ。考えも変わってこよう」

と、大久保が西郷にいったそうだ。

西郷は西郷で、彼らが外国をおそれうやまうさまを見て冷笑している。

大久保がアメリカで、シルク・ハットに洋服を着た写真をうつし、これを西郷に送ったところ、

「貴兄の写真をうけとったが、いかにも醜態をきわめた姿だ。二度と写真なぞをとらぬほうがよい。まことに気の毒千万な姿を見て、いま、ふき出しているところだ」

と返事をよこした。

こういうところには、西郷の国粋主義的な信念の強固さが、はっきりと見てとれる。欧米一辺倒の新政府の要人とは、とても溶け合えぬはずだし、そうした西郷の体臭が〔保守〕だの〔古い〕だのと、いわれるのだ。

しかし……。

西郷が故郷へ引きこもった翌明治七年に、政府は台湾へ出兵した。

台湾原住民の暴挙をしずめるためである。

このとき、参議・木戸孝允《たかよし》（桂小五郎）が閣議の席上で、こういっている。

「わが政府は征韓の議に反対し、西郷さん以下五人の参議をうしなった。これも、われわれは国家の一義と思えばこそやったのだ。その政府が一年もたたぬうち、外地へ出兵するなどとは、まったくわけがわからない。これでは陰謀をめぐらし、西郷さんを政府から追い出したと、世間の指弾をうけても仕方がないではないか」

木戸は辞職している。

鹿児島では、

「政府は何をやっちょるのだ」

と、西郷党が笑っていた。

鹿児島は〔西郷王国〕とよばれたほどで、県令（知事）の大山綱良《つなよし》が、第一に西郷のためならいつでも死ぬという男だから、東京政府のいうことなど、きくものではない。

いま、鹿児島市へ行って見るがよい。

西郷隆盛という人物が、薩摩においてどのような位置をしめていたかが、その〔遺跡〕をめぐるうちに、いやでもわかる。

維新前の勤王運動のときがそうであったように、隠退した西郷も薩摩士族の中心であり、彼らの過激な言動を、またも一身に背負いこむことになる。これは西郷が好むところではなかった。

東京政府を去った西郷隆盛は、自分という人間が新時代の政治組織の中では、どうにもならぬものであることをよくわきまえており、郷土の青年たちの〔教育〕にのみ余生をささげるつもりでいたのだ。

そうだ、西郷は軍人でもなく政治家でもない。

いうならば偉大な教育家として、理想家として、詩人としての素質をそなえている。

西郷の純粋さ、一身をかえりみずに公事につくす捨て身の情熱――こうした人間的魅力は、革命前夜において、敵にも味方にも深い影響力をあたえずにはいなかった。

西郷隆盛がいなかったなら勤王諸藩の革命は、成功し得なかったろうとさえ考えられるほどだ。

彼は、いつでも死ねる。

自分というものが全くない。だから血なまぐさい革命前夜に光彩を放つ。維新後も、むずかしい改革問題は西郷の出馬によって何度も成功している。

しかし、動乱期が去り、すべてが〔組織〕化されたとき、彼はしりぞけられた。

革命に勝った人びとが、新政府をつくり、五年もたつと、早くも派閥争いをはじめたのでは、新しい日本にかけた西郷隆盛の〔夢〕が実るはずはない。

「だから、西郷という人物は甘いのさ」

などといった人もいる。

理想などという言葉も、現代《いま》はすたれてしまっている。

そのかわりに〔ビジョン〕などという外来語を議員どもがしきりにつかう。そして、一身をかけて〔ビジョン〕を実行しようという人もいないし、いても実行しようがないのが現実なのだ。

（4）

明治十年二月——。

薩摩軍人二万余は、西郷隆盛をかつぎ出して上京の途についた。

「政府への尋問のすじあり」

というのが、スローガンである。

この間、東京政府のやり方は、いたずらに鹿児島を刺激する下手なもので、幼稚な政治力を暴露している。

ついでにいうと——。

この前年の二月に、日本と朝鮮の間に修好条約がむすばれているのだ。

何のことはない、西郷のいう通りになってしまったわけだ。

西郷は何もいわぬが、これではおもしろくなかったろうと思う。

さて、これからあの〔西南戦争〕になる。

西郷が薩摩叛乱《はんらん》軍の首魁《しゅかい》として戦歿《せんぼつ》するにいたった心境については、彼が何も語り残していないだけに、その底の深さが計り知れないものがある。

筆者も西郷が登場する小説や芝居を何度も書いたが、ここのところは、書く者の年齢が長ずるにしたがい、いろいろと変わってくるように思う。

とにかく、熊本で食い止められた薩摩軍は激戦を重ねつつ、やがて後退し、この年の九月二日に鹿児島へ逃げもどった。

出るときは、二万の薩摩軍が、わずかに三百七十余名になってしまっていた。

薩軍は、旧島津家の居城の背後にある城山《しろやま》へ立てこもった。

鹿児島へ集結した政府軍は三万とも四万ともいわれる。

総攻撃は九月二十四日未明におこなわれた。

まず、大砲の集中射撃が、うんざりするほどあって後に、官軍が突撃して来た。

この朝、西郷隆盛は、浅黄縞《あさぎじま》の単衣《ひとえ》に紺の脚半《きゃはん》、わらじばきの姿で、腰に短刀をさし、竹の杖《つえ》をついていたという。ときに五十一歳だ。

例の睾丸はいよいよ肥大する一方で、しかも夜になるとひどく冷える。それで西郷は兎《うさぎ》の皮でこしらえた〔睾丸袋〕をはめていたらしい。やはり一種の奇病で、

「実にもう、このキンには手こずる」

と、西郷は戦陣にあって何度もこぼしたそうだ。

西郷が起居していた城山の洞穴を出たのは朝の陽《ひ》がのぼってからだ。

弾丸がうなりをたてて飛び交う中を、

「では、行きもそか」

わずかな将兵をしたがえ、西郷は歩き出した。

つまり敵弾をうけるために歩き出したのである。

岩崎谷口まで来て、西郷の股《また》と腹に弾丸が当たった。

「別府どん」

と、西郷はつきそっていた別府晋介をよんで、

「やられもしたよ」

「では……先生、この辺で、ゆ、ゆわごわんすめいか?」

「うん、よい。よかろう」

西郷は、事もなげに首をさしのべる。

別府は、泣きながら西郷の首を打ち落とした。

この最期を見ても、西郷隆盛という人物が、いかに〔武士の体面〕などというものから遠い人物だったか、よくわかろうというものだ。腹を切るなぞということは考えても見ない。むかし、若くてたくましくはたらいていたころも、自決しようと思えば海へ飛びこんでいる。

楠の樹に映る薩摩藩士の姿

　これまでに数え切れぬほど京都へ出かけている私だが、寺社については、あまり、くわしくない。むろん、一通りは見ているのだが、寺や仏像よりも人間のほうが、まだおもしろいのだ。

　しかし、自分の小説の舞台にした寺のことは、そのときどきの、さまざまな思い出と共に脳裡《のうり》へきざみつけられている。

　知恩院の北どなり、粟田口《あわたぐち》の青蓮院《しょうれん》もその一つだ。「粟田御所」ともよばれる青蓮院は、天台宗の山門派の、門跡寺《もんぜき》であって、寺格はまことに高い。門跡寺とは、皇族や貴族などが出家して住持する特定の寺院をさす。

　平安時代の末期に、僧・行玄《ぎょうげん》が開創した比叡山《ひえいざん》の南谷にあった青蓮坊を、後年、東山の裾《すそ》にあって京の都から東国街道の出入り口にあたる粟田口へ移したのが、青蓮院となったのである。鳥羽天皇の皇子・覚快法《かくかいほう》親王が住持されてのち、世々、天台座主の住房とされた。

八坂神社の境内から知恩院門前をぬけ、粟田口へかかる道の、冬の静けさ美しさは、また格別なものだ。東山の一峰・華頂山《かちょう》の西側の山裾に、深い木立に包まれた青蓮院の寺域がある。

青蓮院門前の、すばらしい楠《くすのき》の老樹は、(これが、樹なのか……?)と、おもわざるを得ないほどに巨大なもので、表構えは門跡寺だけに武家屋敷のような感じがする。いつであったか、花どきに行って見て、奥庭に咲く霧島のみごとさに瞠目したことがあった。

明治二十六年に焼失し、再建された本堂には本尊の熾盛光仏《しじょうこうぶつ》が安置されてい、天皇が御病気のときは、修法をおこなって快癒を祈願することが例になっていたそうな。

奥まったところに叢華殿《そうか》という建物がある。幕末のころ、伏見宮の第四王子・朝彦親王が青蓮院宮になっておられ、勤王志士たちをあつめて密議にふけったのが、この叢華殿だ。

後年、中川宮となられた朝彦親王は、かの安政の大獄に連座されたため、幕府からにらまれて、一時は蟄居《ちっきょ》されたほどだが、薩摩藩の奔走によって、ふたたび青蓮院へもどることを得た。その後、朝彦親王は孝明天皇から深い信頼をうけるようになった。

いうまでもなく孝明天皇は、

「この上、国内において日本人どうしが争い、血をながすことを好まぬ。何とか幕府とちからを合わせて、苦難を乗り切りたい」

という、すなわち〔公武合体〕を主張されたわけだから、一部の過激な志士たちは、天

皇をたすけて活躍する朝彦親王を、

「青蓮院宮がいたのでは、いつまでたっても埒《らち》があかぬ」

と叫び出し、青蓮院をうかがう志士たちもすくなくない。そこで薩摩藩が警備の一隊を常時、この門跡寺へ駐留せしめることになった。

私の小説〔人斬り半次郎〕の主人公で、のちに、日本初代の陸軍少将になった桐野《きりの》利秋《としあき》が〔中村半次郎〕と名乗っていた若き日、薩摩の国から京都へ入り、この〔青蓮院衛士〕の一員となる。そして、朝彦親王を襲わんとして境内へ潜入して来た勤王浪人を相手に、得意の剣をふるって闘うシーンを設定した。

北門を入ったところの細道を、私は、その場面に使った。

維新前夜の事件と群像

井伊大老の死

二百五十年にわたり、日本を支配していた徳川幕府が崩壊の第一歩へふみ出したのは、アメリカをはじめ外国列強の東洋進出と、日本への強力な干渉が直接の原因となったわけだが……。

いわゆる「鎖国の夢」やぶれて、国を、港をひらかざるを得なかった幕府は、その衰弱した政治力に乗じて結集しつつあった有力大名の政治介入をこばむわけにはゆかなくなった。

大老・井伊直弼《いいなおすけ》（彦根藩主）は、幕府権力の最後のシンボルであり、彼が桜田門外において水戸浪士を主力とする一団に暗殺された日から、徳川幕府の栄光は消え去ったといってもよい。

「歴史」を連綴《れんてい》する人間の生死は、歴史そのものにとって、まことに避け退《の》くことのならぬ事端だといわねばなるまい。

もともと、井伊直弼が幕閣最高位の大老職に任じた裏面には、将軍継嗣《けいし》についての有力大名たちの争闘があり、病弱で子もなく役にもたたぬ十三代将軍・家定《いえさだ》のあとにすえる将軍には、

「一橋慶喜《ひとつばしよしのぶ》公を迎えよ」

と主張する阿部正弘《あべまさひろ》（備後・福山藩主）・松平慶永《まつだいらよしなが》（越前・福井藩主）・島津斉彬《しまづなりあきら》（薩摩藩主）などのほかに、伊達宗城《だてむねなり》（宇和島藩主）・山内容堂《やまうちようどう》（土佐藩主）なども賛意を表した。

この「慶喜擁立派」は、幕政革新派といってもよかろう。

もちろん慶喜の実父である徳川斉昭《なりあき》（水戸《みと》藩主）も、これに属する。

これに対して――。

「紀州家から将軍家にもっとも血すじの近い慶福《よしとみ》公を迎えるべきである」

と主張するのが井伊直弼をはじめ、紀州派の、いわば保守党ということになる。

この両派の政争は、慶喜派の巨頭・阿部正弘、島津斉彬の急死により、にわかに「紀州派」の勝利へかたむいていった。

彼を知るもののすべてを信服させたといわれる阿部正弘のスケールの大きな政治力と、島津斉彬の雄藩（七十七万石）の力を背景にした英邁《えいまい》な行動力の発揮が、あと数年もつづけられていたら、

「そうなれば、もちろん彦根（井伊）の芽は出なかったろうし、事態は、まったくちがったものになっていたろうよ」

と、これは当時、傑出の進歩的学者だった佐久間《さくま》象山《しょうざん》（信州・松代藩士）の言である。

こうして、井伊直弼の大老就任は、

一、将軍継嗣を中心とする政争の勝利

一、切迫せる外国問題の解決

大まかにいって、この二つの要望をになって生まれたのである。

京都朝廷を中心に渦巻く「尊王攘夷《そんのうじようい》運動」に、きびしい弾圧を加え、開国にふみきった井伊の強硬政策は、こうした経緯から就任した大老として、むしろ当然であったろう。

内外ともに、幕府が解決しなくてはならぬ政治問題は、いずれも焦眉《しようび》の急をともなうものばかりである。

井伊が強大な政敵である大名たちへ弾圧をあたえ、おのが独裁権をつかまざるを得なかったのも、うなずけないことはない。

水戸の徳川家に対しては、隠居中の斉昭と現藩主の慶篤《よしあつ》を押しこめてしまい、斉昭の第七子である一橋慶喜も隠居させてしまった。松平慶永、山内容堂（豊信）にも、およそ同然の処罰をあたえたのである。

熱烈な尊王攘夷派の志士・吉田松陰（長州藩士）その他を死罪にした「安政の大獄」に

よって、弾圧は、その頂点に達した。

この反動は、井伊暗殺となってあらわれた。

井伊家では、水戸浪士たちが江戸へ潜入していることもさぐり出しており、暗殺に対する注意もおこたらなかったのだが、まさか、藩邸とは目と鼻の先の、江戸城・城門の前で襲撃されるとは思ってみなかったのだろう。

万延元年（一八六〇）三月三日のその朝――。

井伊屋敷に、浪士襲撃を密告した手紙が投げこまれたという。

大老の行列へ襲いかかった浪士たちは十八名。これに対し大老方の行列は六十余名であるが、抜刀して闘える士分格のものは三十名そこそこといってよい。

そして、このうち最後まで大老の駕籠《かご》を護《まも》って奮戦したのは八名にすぎない。

まったく無傷《むしょう》のものが八名もいて、このものたちは、浪士襲撃と見るや、

「一大事にござる」

叫びつつ、藩邸へ駈けつけ注進したのはよいが、どこかへ隠れたり逃げたりして、事件後、どこからともなくあらわれ、同僚の死体の整理にあたったりした。

譜代大名のうちでも、その威名を天下に知られたほどの彦根三十五万石の大藩・井伊家自体が、これほどまでにおとろえていたことを見るべきだ。

大老亡き後の井伊家のうごきも、動乱激烈をきわめる中で、きわめて香《かん》ばしくない。

ともかく……。

尊王攘夷のスローガンのもとに挺身《ていしん》する志士たちにとり、井伊大老の死は刮目《かつもく》して待機していたものであり、この報をきいた西郷隆盛《さいごうたかもり》は、奄美《あまみ》大島へ流刑されていたが、

「よか、よか！」

叫びつつ、まさに狂喜乱舞の体で興奮さめやらず、ついに、みずからの陰毛をひきぬき、あたりへまき散らしながら、よろこんだという。

野生的な西郷の一面が躍如としている挿話だ。

幕府連立内閣の崩壊

井伊の死後、幕閣の中心となったのは、老中・安藤信正《あんどうのぶまさ》（奥州・磐城平《いわきたいら》五万石の城主）であった。

安藤は、故井伊大老の遺志であった和宮内親王《かずのみやないしんのう》（孝明天皇の妹）を将軍・家茂《いえもち》夫人に迎えることに成功をした。

家茂すなわち、紀州家から迎えて将軍位についた慶福である。

皇妹と将軍との結婚——。

これこそ、井伊が意図した公（朝廷）と武（将軍家）の合体であって、幕府の難局突破のための政略結婚なのだが、いやいや江戸へくだった和宮も、のちには純心誠実な若き将

軍と愛情が通い合ったらしい。

家茂が病没したとき、和宮は、
空蟬《うつせみ》の唐織《からおり》ごろもなにかせむ綾《あや》も錦《にしき》も君ありてこそ
と、詠《えい》じている。体裁だけの歌ではない。

しかも、結婚して七年後、朝廷が「徳川慶喜追討令」を発したとき、和宮は、

「徳川と生死をともにするつもりじゃ」

徳川の家名存続のため、必死で奔走しているのだ。

この、歴史にもてあそばれた若き将軍夫妻のドラマチックな生涯をおもうとき、一抹の感傷にひたることはゆるされてよいだろう。

さて、老中・安藤信正だが……。

この人は、政治家としても外交官としても優秀な人物であった。

アメリカをはじめ外国列強との応接ぶりがずばぬけており、アメリカやフランス・イギリスなどと締結《ていけつ》をした通商条約にともなう過激尊王分子たちの乱暴狼藉《ろうぜき》（たとえば、アメリカ通訳官ヒュースケンの斬殺《ざんさつ》）などに対する諸外国の厳重な抗議にも、物やわらかく、ぬらりくらりと切りぬけている。

それればかりではない。

ロシアの軍艦ポサドニックが対馬《つしま》へあらわれ、これを占領しかけたときなどは、うまく

イギリスをたきつけ、あやつって、英艦に対馬へ行ってもらい、露艦を追い払ってもらったりしている。

安藤のような人材は、まだ幕府側にもかなりいたのだが、老朽化した政治機構が人材の登用をはばみ、さらに天下の大勢は、

「夷狄《いてき》を追い払え！」

「幕府を倒して新政府をつくれ！」

という「攘夷倒幕」の革命的熾烈さをおびてきつつあり、ついに文久二年一月十五日、登城せんとする安藤信正を、水戸浪士をふくむ六名の志士が襲撃した。

この坂下門での襲撃は、失敗に終わった。

信正も軽傷を負ったが、刺客六人はみな、その場で斬殪《きりたお》されてしまった。

しかし、この事件によって、安藤信正と久世広周《くぜひろちか》（下総《しもうさ》・関宿《せきやど》四万八千石の城主）の幕府連立内閣は倒れた。

伏見（京都市）で、あの「寺田屋事件」が起ったのも、この年であった。

寺田屋騒動

この事件は、薩摩藩の内紛である。

幕末における薩摩、長州の二藩の威望は非常なものがあり、諸方の「勤王浪士」たちに

とっては、

「両藩が手をむすんで起《た》てば、幕府を相手に第二の関ガ原をおこなうも夢ではない」

ほどの大きな存在だったといえる。

ところが、当時の長州藩には、長井《ながい》雅楽《うた》という重臣がいて、

「日本の海にあらわれた外国列強の恐るべき武力と装備を見よ。外国勢力を追い払う（攘夷）などとは、とんでもないことである」

との現実的な観点から、

「何よりも国内が、攘夷と開国の意見に分かれている現状を統一せねばならぬ」

だから幕府の開国政策に協力し、さらに朝廷と幕府とを合致させようと主張をした。

「すべては、それからのことである」

と、長井雅楽は切迫する国難打開を強調し、藩主と藩論をうごかすことに成功した。

けれども、もめにもめている。

長井は、藩主・毛利《もうり》敬親《たかちか》の命をうけて、安藤や久世たちの幕府側と、朝廷との間を取りもつことに奔走しはじめたが、一方では、長州藩の攘夷派（桂小五郎・久坂玄瑞《くさかげんずい》など）の激しい反対をうけ、長井暗殺の計画もあったらしい。

「長州藩では、たのみにならぬ！」

とあって、過激派浪人たちは、ひたすらに薩摩藩の蹶起《けっき》を熱望してやまない。

ときの薩摩藩は、島津斉彬亡きのち、その遺言により、斉彬の弟・久光《ひさみつ》の子、忠義《ただよし》が藩主になっていた。

だが、藩の実権は後見の島津久光がにぎっており、いえば、久光は薩摩藩代表ということになる。

この島津久光が藩兵をひきいて京都に上って来るときき、過激派は、

「いよいよ、薩摩を押したてて倒幕の兵をあげるときが来た」

などと、さわぎはじめ、実際的な計画も有力志士たちによってねりあげられた。

彼らの中には、薩摩藩自体の過激派もまじっており、三十余名が、すでに国もとの鹿児島城下を脱走し、京都周辺に結集している。

「けしからぬ！」

と、島津久光は怒った。

久光としては、過激派の指導者と見なされる西郷隆盛（当時は吉之助）をにくみ、何度も処罰をあたえているほどだから、

「彼らを無謀に走らせるな」

と、厳命を下した。

久光の上京の意図は、中央政局に乗り出して自藩の威勢をしめすと共に、公武合体に大役を買うつもりであったといえよう。

このころになると、

「いままでのようなわけにはゆかぬ」

と、幕府も反省し、政局安定のための努力もしているし、朝廷に対しては手をつくして

「うやまいの心」を披瀝《ひれき》している。

孝明天皇も、次第に幕府側の態度にうごかされ、

「国内における騒乱は好まぬ」

はっきりと、いわれているのだ。

幕府老中・安藤対馬守はじめ閣僚たちを暗殺し、朝廷側でも親幕派の九条関白を殺し、京都を手中につかみ、薩摩藩を押したてて外国勢力を追い払う……などという浪士たちの計画が、うまくゆく段階ではない。

指導者の田中河内介《かわちのすけ》（公卿《くぎょう》・中山忠能《ただやす》の元家来）をはじめ諸方の志士十余名と、薩摩藩士三十余名が、伏見の旅館「寺田屋」方へ集結しているのを知った島津久光は、激怒し、

「みなのものを捕えよ」

と、命じた。

そこで、薩摩の京都藩邸から選抜された八名の藩士（奈良原喜八郎、大山格之助など）が、寺田屋へ向かい、

「藩邸へ戻れ」

と、説得したが、有馬新七以下の薩摩志士たちはきこうともしない。

そこで、すさまじい斬り合いとなった。

有馬以下八名が死傷し、残る二十余名の志士たちは帰国謹慎を命じられ、鹿児島へ海路護送されたが、この船中で、田中河内介父子が殺害された。

そして、京都へついた島津久光に、

「浪人たちの暴挙がおこらぬよう、これからもたのむ」

と、孝明天皇の内意が下った。

久光は、いささか得意であったかもしれぬが、尊王攘夷派の信頼は、

「もはや、島津久光のいる薩摩をたのむことは出来ぬ」

一変して、今度は長州藩へはたらきかけるようになる。

また彼らのたのみを受けいれようとする体制に、長州藩は変わりつつあったのだ。

めまぐるしい変転である。

あの長井雅楽の立場は悪くなり（朝廷は攘夷一辺倒に硬化しつつあった）長州藩自体も、藩論が変化してしまった。

長井は帰国謹慎を命ぜられ、翌年には切腹させられてしまう。

こうした雄藩の、猫の目のように変わる変転ぶりは、幕府が昔日のような威勢を取りもどすことの不可能を察知し、どのようなかたちになるにせよ、新政府における権力を自藩

のものにしようとすることが大きな素因をなしているのである。

文久三年を迎えてからの日本の政局は、名状《めいじょう》しがたい混乱と激動のなかに、なお、五か年も動揺しつづけるのだ。

薩長両藩と外国列強

世に「尊王論」といい、「勤王の志士」という。

その裏づけになった思想、論理というものは何か、といえば、先ず儒学であり、国学だったわけであるが、国学はさておき、儒学といえば、

「君臣の別をまもり、大義名分をあきらかにする」

ことなので、一般武家は将軍を君主と仰ぎ、したがって将軍は天皇を君主としてうやまわねばならぬということになる。

この意味からの「尊王論」は、すでに百年も前からとなえられていたことで、きわめて単純な論理（わるいという意味ではない）にもとづいているものだ。

この考え方が「国学」とむすびついた。

国学とは――。

簡単にいえば「仏教や儒学が異国（中国）から日本へ渡来する以前にさかのぼり、日本特有の精神を発揚しよう」というもので、幕府の衰亡につれ、それまでの「尊王論」が国

学によって、さらに意義づけられたことはいうをまたぬ。

国学は、水戸藩によって盛昌をきわめた。

それにはそれだけの理由があるのだが、この稿で、そのことにふれている余裕はない。

とにかく、はじめのうちの「尊王論」は、すでにのべたように君臣の大義をきわめ、上下一致して国をまもり、最高の君主たる天皇をうやまう——ことであったにすぎない。

これが、

「幕府を倒して、新政府をつくれ」

の叫びとなったのは、幕府の封建体制が足もとを見すかされたような衰弱ぶりをしめし、失政の連続となり、同時に対外関係の緊張がぬきさしならぬ「国難」意識を国民にうえつけたからであろう。

寺田屋事件があった年には、島津久光の行列を横切ったという理由で、騎乗のイギリス人が薩摩の士に斬られた。

これが「生麦事件」で、激怒したイギリスの抗議と、強硬な薩摩藩の態度にはさまれ、幕府当局の苦悩の種は増えるばかりであった。

内においては、

「一日も早く、外国勢力を駆逐せよ」

と、朝廷を押したてた勤王派の要求が強激となるばかりで、これは朝廷の命となって幕府へさしむけられるのだから、幕府としても、どうにもならぬ。

勤王派は、たくみに過激な公家たちをあやつり、ことに長州藩は、声望の弱まった薩摩藩にとってかわり、勤王運動の主導的位置をしめ、その藩兵をもって皇居を守護することをゆるされた。

薩摩は、生麦事件から尾をひくイギリス艦隊の来攻を鹿児島湾に迎え、

「毛唐人の泣き面を見てやりもそかい」

などと、意気軒昂《けんこう》たるものがあったけれども、いざ戦ってみると、イギリス艦隊の砲撃によって沿岸の全砲台のほとんどが破壊され、鹿児島城下は火の海となった。

「なるほど、外国の武力とは、このようにすばらしいものであったか……」

と、薩人もおどろいたが、イギリスも決して大勝利をおさめたわけではない。

陸戦隊を上陸させたが、これは勇猛なる薩摩サムライの待ちかねたところで、さんざんに斬りこまれて逃げ出す始末だし、死もの狂いに火を吐く砲台の攻撃で、旗艦「ユリアラス号」はひどい損傷をうけ、艦長・副艦長も戦死してしまった。

このときの死傷者をくらべると、薩摩側が十余名、イギリスが六十三名という。ゆえに、イギリス側も、

「薩摩をあなどることはできない」

ことになり、皮肉なことに、この戦争が一つの機会となり、薩摩とイギリスは後に手を

むすぶことになったし、それは明治維新の背景に重要な「役割」をつとめることになるのである。

これより先——文久三年の五月には、長州藩も、下関において通行中の米艦や、フランス、オランダの艦船を砲撃している。

これは翌元治元年八月に、英米仏蘭四国連合艦隊の下関攻撃の報復となった。

このとき、長州軍はさんざんな敗北をこうむってしまったが、長州としては、このころが最大の危機に見まわれたときだったろう。

なぜなら、あれだけの威勢をもって君臨していた京都朝廷から、長州藩は追い退けられてしまい、さらに幕府軍の攻撃をうけようという苦境に立っていたからである。

それは、こういうことだ。

前年の文久三年——。

将軍・徳川家茂が、はじめて上洛《じょうらく》し、孝明天皇の「きげんうかがい」をした。

事態は、徳川将軍が、のんびりと江戸にいることをゆるさなくなっていたのである。

天皇は、妹の和宮を政略結婚によって、幕府へうばわれたことでもあるし、はじめは家茂に好意をもたれておられなかったが、いざ家茂を目の前にしてみると、

「よき将軍である」

一度で、気に入られたようであった。

家茂は、十三歳の若さで紀州家から迎えられ、幕府内の派閥と勢力のあらそいの中に将軍となったわけだが、その純正で温厚な性情はだれの目にもあきらかであったし、

「何とか、世のさわぎがおさまらぬものか……」

と、ひたむきに願う心には一点の駆けひきもないことが、ただちに天皇にも看取されたのであろう。

加えて……。

前年に幕府が「京都守護職」として、京都へ派遣した松平容保《まつだいらかたもり》（会津藩主）を孝明天皇は非常に信頼しておられ、「攘夷」の一点をのぞけば、

「公武合体して、一時も早く国内のさわぎを取りしずめたい」

という心になっている。

このように、天皇―将軍―守護職による連帯感がつよまると同時に、やぶれかぶれとなった長州藩を主力とする勤王過激派の陰謀や暴動は、血なまぐさい暗殺事件の頻発となり、

「こうなっては、むりやりにも天皇を長州へおつれ申し、一気に倒幕の軍を起すべきだ」

おどろくべき計画さえ、すすめられた。

孝明天皇は、

「長州のやることを信ずることはできぬ」

と、いわれた。

一度は、長州藩に主導的勢力をうばわれた薩摩藩が、この機に乗じて幕府と手をむすび、長州を武力によって追い払ったのが、あの八月十八日のクーデターであり、過激派の公卿「三条実美など七名」たちの長州落ちであった。

かくて、長州藩勢力は、一時、京都から消滅したわけだ。

革命前夜

長州勢力の退去によって、公武合体の効果があがり、京都の治安がととのえられたか、というと、そうではない。

むしろ、潜行し、激発する「尊王浪士」の活動はすさまじい様相を呈しはじめてきた。

長州藩という大きな屋根の下にいて、肩で風を切っていたころのほうが、まだしも、おだやかであったといえよう。

幕府の政治総裁をつとめる松平慶永が、

「何としても幕府の苦衷を天皇に申しあげ、外国との交際をつづけられるように、お願いしよう」

と決意をして上洛をすれば、たちまちに京都に蠢動《しゅんどう》する尊攘浪人たちが、慶永の宿舎である高台寺へ放火するし、同じ公武合体派の大名・山内容堂の屋敷へは生首が投げこまれるという始末で、ついに、たまりかねた松平慶永は、将軍にもことわることなく、領国の福井へ帰ってしまった。

そのころの幕府は、ここまで、おとろえていたのである。

たとえ「京都に居てもどうにもならぬ」と思ったにせよ、いやしくも政治総裁の重職にあるものが、浪人どもの襲撃をおそれて逃げ出してしまったのでは話にもならぬ。

だから、浪人たちの行動は烈火のように燃えさかるばかりとなった。

いままで、両刀を腰にしていても、身分もなく金もなく、したがって働く場所もなかったのが、もしも革命成功となれば、どんな出世がまちうけているかしれたものではない。

そのことはさておいても、腕力をふるって暴れまわり、将軍や大名までもふるえあがらせる痛快さは筆舌につくしがたいものがあったろう。

むろん、このような浪人たちによって維新革命は成ったのではない。

西郷や桂、大久保、坂本などの志士たちが感じている「日本の危機」――そのためにこそ死を決してはたらこうということの裏側には、いまのべたような人間の本能に根ざす暴動があったことは、いつの時代でも同じことである。

これだから、無益の血がながれる。

これだから、人間の集団は、おそろしいはたらきをする。

また、革命前夜の動乱というものは、こうした人びとの暴挙を、あえて必要とするものであって、いざ革命成功となったあかつきには、血なまぐさい彼らの心身は塵芥《ちりあくた》のように捨て去られるのだ。

こうした革命の爆発的エネルギーの前には、孝明天皇や家茂将軍の考えているような「持続の美徳」や「改良への忍耐」なぞは、一瞬の間に押し流されてしまう。

会津藩や新撰組を動員し、幕府側が、いかに「尊攘派」の暗躍と跋扈《ばっこ》を押えようとかかり、一時は押えつけても、時代の流れまでもとどめきることはならぬ。

元治元年になると、長州藩は二千五百の兵を発し、京へ攻めかけて来たが、このときも薩摩藩をふくむ幕府連合軍によって打ち破られ、逃げ帰った。

これが「禁門の変」である。

将軍は、またも京都へ来て、いよいよ長州藩征討の軍令を発した。

長州は、疲弊もひどかったし、抗戦にふみきることが出来ず、ついに幕府へ恭順謝罪をした。

徳川幕府の威望が、どうにか保てたのは、おそらく、このときが最後であったろう。

逆境にあった長州藩は、高杉晋作などの新鮮な台頭によって、着々と新しい「軍隊」をつくりつつあった。

自藩の士のみではなく、他国からの脱藩者、農民や町民にいたるまでを動員したこの「軍隊」は、のちに長州藩の強烈な戦力となった。

「禁門の変」で大敗し、その直後に外国艦隊の攻撃をうけた長州藩の若い下級武士ふたりが、このさ中《なか》にイギリスへ密航留学をした。

伊藤俊輔（博文）と井上聞多《もんた》（馨《かおる》）である。

伊藤は後年、明治政府の中心人物となったわけだが……。

あれほどに外国をきらいぬいていた長州藩が、なぜ、この二人をイギリスへやったのか。

「行け！」

命じたのは殿さまである。

この毛利敬親という長州の殿さまについては、種々の説があるけれども、はじめから時流の変わるたびに信念もかわり、公武合体から攘夷過激派に変わるかと思えば、今度は幕府にあやまって逼塞《ひっそく》するというわけで、家来たちから見ても、つかみどころがない殿さまなのだ。

だからこそ、家来たちの下から衝《つ》きあげる力が激しさを増して、長州藩は常に維新革命の先頭を走り、闘い、そして幾多の有為な人材を失っている。

ところで……。

この殿さまが大金を都合して、伊藤と井上をイギリス視察にやったのは、おもしろいことだし、外国列強の実情を、信頼する家来の眼《め》でたしかめておきたいと思いたったのは、

「この殿さまでさえ、そこまで考えていたのか」

と、いうことにもなる。

伊藤と井上は、イギリスへ着いてみると、

「日本が国をひらこうとしているのを狂人のように邪魔している大名がいる。それは長州の毛利であって、徳川政権は、この長州一つをもてあましているほどに弱体化しているのだ」

なぞというイギリスの声が、はっきりときこえるし、

「これは大変だ。われわれは、日本は、実に、うっかりしていられるときではない」

二人は、イギリス艦隊の攻撃に長州藩が応戦したことをきくや、

「とんでもないことだ」

青くなって急ぎ帰国をした。

二人が報告した先進国の科学文明とその威力の実情が、長州藩の攘夷論に対して甚大な影響をもたらしたことは、いうまでもないことだ。

もっとも、

「二人は、毛唐に日本人としての血を売って来た」

などと叫ぶ過激派藩士たちの襲撃によって、井上聞多が重傷を負った事件もあったのだが……。

天皇と将軍の死

慶応二年七月二十日。

将軍・徳川家茂が大坂城内で病死をした。

ときに二十一歳というから、いかに動乱騒擾《そうじょう》の世が、若い家茂の心身をいためつくしたかが知れよう。

勝海舟でさえ、

「家茂公のことを思うにつけ、おれは何とかはたらかなくてはいかぬと思い思いしたものだよ。天下のためとか何とか大仰なことではなく、このお人一人《いちにん》のために命を捨ててもいいと考えたこともあった」

と、いわしめたほどの、いたわしい将軍であった。

思ってもみよ。

十三歳から二十一歳にわたる年月というものが、男の一生で、どんな役割をするものか……。

その、あまりにも若い大切な、自由でたのしむべきことの多い歳月を、家茂は、

「早く……一日も早く世のさわぎが静まってくれるように」

そのことのみに送り迎えてきたのである。

孝明天皇が、家茂発病以来、

「絶対に死なせてはならぬ」

御所の典医《てんい》・高階安芸守《たかしなあきのかみ》を大坂へ走らせ、日夜にわたり内侍所《ないしどころ》へわたられて、家茂の全快を祈願されたことは事実である。

家茂が死ぬや、かつては家茂と将軍位をあらそったこともある一橋慶喜が十五代将軍位についた。

この年の十二月二十五日——。

孝明天皇が三十六歳の若さで崩御された。

この天皇崩御については「毒殺説」がある。

証拠となるべきものはないが、毒殺説の根拠は次のごときものだ。

孝明天皇が支持されている徳川政権の衰弱は日毎にひどく、いまは薩摩藩でさえ、長州藩と手をむすぶ気配を露骨にしめしはじめている。

一時は、鳴りをひそめていた王政復古派の朝臣たちも、急激に鼻息があらくなり、これに対して公武合体派の朝臣たちは、

「帝《みかど》の御心にそむくつもりか」

と、立ち向かう。

朝廷の臣ばかりではなく、どこの藩、どこの家でも、およそ一つの集団があるかぎり、この二つの派の争闘は反復の頻度を速めつつ、最後の段階へ近づきつつあった。

革命運動を実力でもっておこなうことのできぬ朝臣（公家）たちの争いは、陰謀と暗躍

にかぎられている。

ゆえに、孝明天皇を毒殺したものは、

「勤王方に与《くみ》する公家にちがいない」

との評判、うわさは、祇園町《ぎおんまち》の芸妓《げいぎ》たちの間にさえ、ささやきかわされたといわれている。

薩摩の西郷隆盛が、全藩士に向かって、天皇の死について口止めをしたのもこのときだ。

「毒殺説」を、筆者は支持しているのではない。

つまりは、そのような恐怖時代であったことをいいたいのである。

孝明天皇の崩御は、まさに徳川幕府の息の根をとめたといってよい。

新帝（明治天皇）は、わずかに十六歳で、公家たちや勤王方の策謀をおさえ、幕府に理解をもっていただこうというのは、のぞむほうが無理なのである。

王政復古

そして、ついに「薩長同盟」が成立をした。

主導権をあらそって、なかなかに確執がとけなかった両藩が握手をしたばかりでなく、土佐と肥後を加えた「四藩同盟」も成立することになった。

分裂していた勤王派勢力が一丸となったのである。

時代は、さらに新しい段階へ突入していた。

たとえば、

「天下に志あるものは商業の道に邁進すべし。この道には刀も要《い》らず、流血の惨《さん》もなし」

と叫んだ坂本龍馬《さかもとりょうま》（土佐藩出身）のように、来たるべき新しい時代――強大な外国列強を相手に世界の檜舞台《ひのき》へ乗り出して行かねばならぬ小さな日本の将来を、ひたと見すえている人物が、指導権をにぎるようになってきていた。

強力な「四藩同盟」の推進力となった坂本龍馬は、

「徳川家をほろぼしてしまえ」

などという吝《けち》な考えをもっていたのではない。

彼は、新時代を迎えんとする「政体」の中へ、徳川家をも包含する構想をたてていた。

だが、龍馬は「近代日本」の夜明けを待たずして暗殺された。ときに三十三歳。

坂本龍馬にしろ西郷隆盛にしろ、勝海舟にしろ、尊王側と幕府側をもふくめて思いもかけぬ偉大壮麗な人物が、この動乱の時代をうごかしてゆくのを見ると、つくづく「歴史」のふしぎさ、おもしろさを思わぬわけにはゆかない。

そしてまた、坂本龍馬をはじめ、孝明天皇にしても、将軍・家茂にしても、さらに、さかのぼって井伊直弼にしても、その生と死は、まるで日本歴史をドラマ化するために存在したとしか思われぬほどの影響を「時代」にあたえている。

幕府は、追いつめられた。

坂本龍馬が死んだ約一か月前の慶応三年十月——。

十五代将軍・徳川慶喜は、土佐藩の山内容堂から「政権」を朝廷へ返上することをすすめられた。

山内容堂は、もとより親幕の態度をくずしてはおらず、薩長を主力とする尊王派勢力が倒幕の手をうつ前に、

「勇退せられたし」

と、進言したのである。

もちろん、新政府には徳川家の参加をふくめてということだし、坂本龍馬の構想による新政府は、次のようなものであった。

関　白　三条実美
内大臣　徳川慶喜
議　奏　島津久光、毛利敬親、松平慶永（春嶽）、鍋島閑叟《かんそう》、岩倉具視《いわくらともみ》（その他二大名、二公卿）
参　議　西郷吉之助、小松帯刀《たてわき》、木戸孝允《たかよし》（桂小五郎）、大久保市蔵（利通）、後藤象二郎（他六名）

先ず、山内容堂としても、この組閣に賛成であったろう。

これなら徳川家に傷もつかぬし、戦争もおこらず、徳川に政権返上をすすめた土佐藩としても、面目がたつというものである。

「薩長のうごきが険悪とならぬうちに……」

と、ついに徳川慶喜も決意をかためた。

十月十四日に、将軍は在京の諸藩有志を二条城へあつめ、大政奉還の沙汰《さた》書が老中・板倉周防守《すおうのかみ》によって読みあげられた。

「……旧習をあらため、政権を朝廷に帰し、ひろく天下の公儀をつくし、聖断を仰ぎ、皇国を保護せば、かならずや海外万国とならびたつべく、我国につくすところ、これにすぎず」

と、いうものである。

これは、将軍みずからが、

「政権を皇室へお返し申しあげたい」

と、天下に向かって公表したことになる。

わたくしは『幕末遊撃隊』という小説の中で、幕臣・伊庭《いば》八郎《はちろう》にこういわせている。

「いま、こうなって、慶喜公《だんな》についてとやかくいうつもりはありませんがね。ともあれ一滴の血も流さず、三百年におよんだ天下の権《けん》を将軍みずからが、さっさと手放したのだ。こいつは、いまだかつて、わが国の歴史になかったことですぜ。むろん、外国にもありゃァしませぬよ。山岡（鉄太郎）さん。あんたは、よく新しい時代とか古い考えとかおっしゃるが、こんなに思いきった新しいことはないと、私は思いますねえ。ここで、もしも薩長のやつらが新しいやつらなら、よくやってくれた、われわれも共に力を合わせ、国事にはたらこう……と、こういって来なくてはならねえ筈だ。ちがいますか？　いや、違わねえ筈だ。それでこそ、あんたや勝さんのいうような新しい日本が生まれることになるのだ……ところがだ。薩長のやつらは、あくまでも、こんな新しいことをやってのけた徳川の息の根をとめなくては安心して眠れねえらしい。むりやりに、こっちを戦争へひきずりこみ、牙をならして飛びかかって来た。しょせん、こいつは織田、豊臣のころの天下とりと同じようなもんです。何が新しいことがあるものか」

あながち徳川の家来の負け惜しみ、とばかりはいえない。

政権を返上して大坂城へ引きあげた徳川慶喜は、その後の京都御所における天皇を中心にした会議にも参列をゆるされず、さすがに山内容堂がたまりかね、

「二百七十年の泰平をたもちつづけた徳川幕府にはさまざまな功罪もござりましょうが、それはともあれ、この大切なる朝議に前内大臣たる慶喜をよばぬということは、いかがな次第でござりましょうや」

いい出すと、だれも、これに反発するものはない。

すると、岩倉具視が進み出して、容堂に喰ってかかった。徳川代々の将軍が天皇と朝廷に対し、どのようなひどい扱い方をしてきたか……熱弁をふるってのべたてたものである。

経済的な意味で、これは事実であった。

くされかかった魚しか食べられなかった公家たちのうらみは非常なもので、

「あのときほど、人のうらみというものの恐ろしさを感じたことはなかった」

と、後に西郷隆盛が洩《も》らしている。

慶応三年十二月九日——。

朝廷は「王政復古」を宣言した。

同時に、大坂の徳川慶喜へは、

「政権ばかりではなく、地位も返せ、領国も返せ。何も彼《か》も持っているものはすべて朝廷へ返せ」

と、朝廷が命じてきた。

こうなっては立つ瀬も浮かぶ瀬もない。

慶喜よりも徳川の家来たちが承知できぬ。

年が明けて慶応四年（明治元年）となった正月早々に、鳥羽伏見の戦（戊《ぼ》辰《しん》戦争）がおこった。

そして二万をこえた幕府軍は、五千そこそこの薩長軍に敗れるのである。

江戸へ逃げ帰った徳川慶喜は、ただちに上野山内へこもって恭順の意を表したが、幕府側の抵抗は江戸城の無血開城なった後もつづけられ、東北から北海道にまで展開することになる。しかし、朝廷に帰順した諸藩連合の官軍の前には抗すべくもなかった。

翌明治二年五月――。

北海道・箱館《はこだて》にたてこもった幕臣・榎本武揚《えのもとたけあき》の降伏を最後に、ようやく戦火は熄《や》んだのである。

時代小説を志す人のために

小説のヒントは、資料を読んだりテレビ・ドキュメントや新聞、週刊誌を見て、現代の出来事から拾うことが多い。その人間像を江戸時代なら、江戸の人間にうつしかえる。それが出来れば、話の方は、自然に出てくる。例えば、『鬼平犯科帳』は、江戸時代の評判記に、長谷川平蔵という火付盗賊改メの長官がアオイ小僧を捕えたというのが出ている。長谷川は妾腹の子で、若い時は無頼の男であった。資料でわかるのはそれぐらいであるが、あとは自由につくっている。だから、記憶喪失の男を書きたい、と思うと、そんな男がこの小説に出てきたりする。

時代ものの場合、歴史そのものや、その時代の事件や、その時代の人間を現代の時点から批判するやり方と、元禄《げんろく》なら元禄時代の人間の気持になりきってやるやり方と二通りあるように思う。前者だと、忠臣蔵の浅野は、わずかのことでたくさんの部下を路頭に迷わせた、ケチで短気なバカ殿様ということになるが、後者だと、かなり頭脳力の強靭《きょうじん》な人だったということになる。

私は没入型で、役者が演技するのと同じで『鬼平』を書くときは、鬼平になりきってしまう。没入といっても溺《おぼ》れてしまうと、作者の眼が消えてしまうので、その度合がむずかしい。しかし、主人公になりきる愉《たの》しみというものは作者でなければ味《あじわ》えないものだろう。家内に言わせると、信長を書いている時は、信長風になっていばっているし、江戸の下町ものを書いている時は、親切になってニコニコしているらしい。これは自分では気がつかない。

私の場合、芝居を書いていたことがずいぶんプラスになっているように思う。今は没入タイプの時代作家は少ないのではないだろうか。今日は信長を書き、明日は鼠小僧《ねずみこぞう》を書くのだから、没入も大変だが、書けるというのは、私が株屋に勤めていたとき、いろいろな人間に会い、人間の気持がわかるようになったことがずいぶんプラスになっている。結局、人間を見る眼が大切だということになる。

私は通俗ということを尊いものに思う。これも株屋などの実際体験からきていると思うが、通俗は庶民生活をはっきりさせる。私は今でも、先祖のお寺まいりをかかしたことがないが、この通俗になじんでいないと、庶民も、その生活を書けない。もう一つ、私は、短篇《たんぺん》小説を書くことを大切にする。その仕事の間は他のことは一切しない。いわば短篇は相撲の稽古《けいこ》のようなものだ。それを大切にしなければいい仕事は出来ない。

最後に時代小説を書こうと志す人たちに言っておきたい。まず歌舞伎《かぶき》を見ることをすすめる。これは基本の勉強になる。次に旅行をしてもらいたい。今なら往時の風物が壊わされないで残っているものが多い。その風物に実際に接してみることはなにより勉強になる。勉強を積んだら、懸賞小説に応募して力を試してみる。三度応募してみて、佳作に入ることが出来なかったら、諦《あきら》めた方がいい。

敵討ちについて

これまでに、敵討《かたきうち》ちを主題にした小説をどれほど書いたろうか。

今度、新潮社から出る〔敵討ち〕が、たしか四冊目になるとおもう。

日本の〔敵討ち〕の制度というものは、西洋諸国にくらべて、まことに独自のものをもっている。

封建時代（江戸時代）というものは、天皇の領地以外の日本の土地を、幕府（将軍）が諸大名にわけあたえ、これを領有せしめ、政治をまかせた。そして、これら大名の上に〔徳川幕府〕という日本全体を統括する政権があったわけだ。

大名たちは、領有する国々の国土と個性に適した政治をおこなうことにつとめ、むろん、それぞれに法律も制度も風俗も異なる。

ゆえに、A領内で殺人を犯しても、B領内へ逃げこんでしまえば、すでにそこはA大名の法律も政治も、ちからおよばぬ〔他国〕ということになるのだ。

殺された者の肉親が、しかるべき証明書（日本全国共通）をたずさえて犯人を追い、これを討つ。これが公認の〔敵討ち〕であるが、単に肉親の恨みをはらすことのみにとどまらず、討手は、殺人犯人に罰を加えるという意味をもっているのである。
〔敵討ち〕は、一種の、暗黙の制度としてみとめられていた。
〔復讐《ふくしゅう》をふくめた制裁〕なのである。
武士の場合、討つ方は目ざす敵を討って帰国しなければ、自分は一生、路頭に迷わねばならぬし、討たれる〔敵〕も必死懸命に逃げる。
ギリギリのところへ追いつめられた人間たちの姿が、そこに露呈されることになるのだ。
時代小説を書く者にとって、これほど興味ふかい主題はない。
人間の善と悪、美と醜が、そこには強烈にからみ合ってあらわれる。
私の敵討ち小説は、
史実を忠実に追って書いたもの
史実の不足を想像によって、おぎなったもの
一片の史実をフィクションの世界へ持ちこんだもの
まったくフィクションによって書きあげたもの
とに分けられる。
三百年に近い封建時代にも、いろいろな移り変りがある。
その時代の移り変りが、敵討ちの姿にも微妙に作用してくるし、そこがまた、作者にと

ってはおもしろいところなのである。

封建のころの〔敵討ち〕を現代人の眼から見ると、さだめし野蛮にも見えようが、同じ時代の西洋諸国の歴史とくらべてみると、日本は、こうした制度によって〔殺人〕をきびしく規制している点、まだしも文明的であった、とさえいえよう。

敵を討つ方、討たれる方、その双方の人間味あふれる必死の生活環境は、単に〔敵討ちの世界〕のみでない、もっと大きくひろがりをもった人間社会をさぐり見るためにも、示唆をあたえてくれるようだ。

これからも私は、敵討ちの小説を書きつづけて行きたいとおもう。

やはり大石内蔵助

実在の、歴史上の、または架空の人物で、好きな日本人ということになると、ずいぶんいるとおもうのだが、いざ、ペンをとりあげて見ると、多すぎて迷ってしまう。

ぼくは、大石内蔵助《くらのすけ》なんか好きだ。

あの人は、主人・浅野内匠頭《たくみのかみ》があのような事件を起さなかったら、それこそ、平々凡々の一生を、たのしく送ったことであろうし、それを何よりも強くのぞんでいたにちがいない。

国家老という、家臣の中では最高の地位にいて、好物の柚子味噌《ゆずみそ》をなめながら晩酌をし、小金も残し、大女の妻女と仲よく暮し、たまさかには出張にことよせて京都などへ出かけて行き、あまり上等でない遊女たちとたわむれ遊んだりして、ゆったりと生涯を終えたろう。

しかし、突如として、あの事件が起った。

主人・内匠頭と、高家・吉良上野介《こうずけのすけ》の大喧嘩。主人は、ろくな取調べもうけず、刃傷の当日に切腹させられ、将軍と幕府は、いささかも吉良をとがめなかった。

理由は何であれ、日本の天下を治める将軍みずから、

〔喧嘩両成敗〕

の、武家の掟《おきて》をやぶったことになる。

五万三千石の世帯が取りつぶされ、赤穂《あこう》の城が幕府に接収されたときから、大石内蔵助は、自分でも、おもいもかけなかった人間として責任《せめ》を果すことになるのである。

彼が、浅野家の元国家老としてなすべき第一のことは、浅野家の再興であった。

「おそらく、むだであろう」

と、おもいつつも、彼は、この一事に渾身《こんしん》のちからをかたむけている。

吉良を討ち、主人のうらみをはらし、合せて、天下の政道を正すことは第二次のことであった。

以前にくらべて、はずかしくないような再興を幕府がゆるしてくれるなら、幕府はみずから、その非をみとめたことになるからである。

しかし、このの ぞみは断ち切られた。

そこで、同志をひきいて江戸へあつまり、吉良を討ったのである。

これだけの大仕事を、内蔵助はいささかもりきみ返ることなく、淡々として、やりとげているように見える。

当然のことを、当然のように、してのけたにすぎない、と彼はおもっていたろう。

吉良邸討入りを数日後にひかえ、江戸の町の片隅で娼婦《しょうふ》と遊んでいた彼。

妻女と子たちを、妻女の実家へ帰してのち、京の祇園祭のおもしろさを、

「ぜひぜひ、お前に見せたかった」

と、妻女に書き送っている彼。

討入りの当夜。

ふりつもった雪の中を、武装の背をまるめ、小肥りの躰《からだ》を、死に向って運《はこ》びながら、

「寒い、寒い」

と、つぶやいていた彼。

みんな、好きである。

盲動するのはいつも権力者

「安保」以来すでに十年になるが、いま振り返ってみると、私はちょうどあの年の夏に、『錯乱』で第四十三回の直木賞を受賞している。その意味では、私個人の作家としての生涯も一つの契機からすでに十年の年輪を刻んでいることになり、むしろそのことの方が、過去の道程を回想するとき、私には強い思い出となっているようである。

あの「安保」をめぐって世の中が物情騒然としていたとき、私は芝居の仕事と、松竹映画「敵は本能寺にあり」のシナリオを書くため三月の末から二ケ月余り、湯河原《ゆがわら》に籠《こも》り切りで、それを書き終えると京都に行き、七月の末頃まで今度は京都に滞在していた。従って私は当時の東京の騒ぎを、もちろん新聞等で知ってはいたが、目撃はしていず、静かに仕事に専念していたと記憶している。

いまも変わらないことだが、私はかねてからこうした社会的騒動をそれほどの重大事とは思わない。それよりも、私は人間の日々のいとなみを、もっとも重大に考える。

文学の世界においても、六〇年は戦後十五年を経て新たなサイクルとして純文学のようなものが興ってきたといわれていたが、これとても、こうした気運というものは、いずれにしてもジャーナリズムや時代が形成してゆくものであり、私自身は純文学や大衆小説などといったことに拘泥したことはない。強いていえば、こうした気運を作り出そうというものは絶えずあるわけである。作家はすべて、こうした点には日頃は余りこだわらないのではないかと思うのである。

元来、私はあらゆる事象に対して、興味をそそられても、自分の生活の上には無頓着《むとんちやく》のほうである。直木賞についても、四年間で六回候補に上がっており、ちょうど受賞の時も候補の知らせを京都で受けたのであるが、選考日も忘れていたほどだ。ただ、候補になるたびに、とても嬉《うれ》しかった。そのことだけで目的は達せられたつもりでいた。しかし当落は〔運〕である。可能性は五分五分なのだから、それにまかせるよりほかはない。

ところで、当時の安保騒動とやらを考えてみるとき……例えば明治維新にしても、あれは革命ではなく、権力者同士が政権を争っただけである。よしんばあの時、徳川幕府が勝っていても結果としての現在の日本の姿に変わりはないと思う。

大衆は盲動はしないものである。盲動するのは、いつも権力者なのだ。時勢の必然的な流れというものがあり、国民全体が愚かでない限り、多少の政変があろうと本質的には変革はあり得ない。ただ、今後どうなるかということは別である。それは、社会的に一国の独立性などというものが次第に稀薄《きはく》になってきているのが現代だからだ。だから予測はつかない。

私は、「安保」のときは湯河原にいたわけであるが、社会混乱などに一つ一つこだわるような男だったら、自分のしている仕事を熱中してやってはいられなかったろう。

人間はいかなる時でも本分を忘れてはならない。私にしてみれば、どんな情況にあっても文筆、著作活動を本分とすべきことは忘れないつもりである。それが私の職業だからだ。

武田家の興亡

甲斐の父子相剋

武田氏の祖は、かの八幡《はちまん》太郎義家の弟・新羅《しんら》三郎義光の子、源義清ということになっている。

新羅三郎は、朝廷から〔甲斐守《かいのかみ》〕に任じられているから、その後、およそ五〇〇年もの間、同族が甲斐の国を支配したことになる。

これは、日本の歴史を通じて見ても、まことにめずらしいことといわねばなるまい。

また……。

源義清の孫・信義が甲斐の国・巨摩《こま》郡武田に居をかまえ、〔武田氏〕を称したことによって、これを原祖となすとする説もある。いずれにせよそのころの武田氏は、現・山梨県韮崎《にらさき》市武田一帯を支配する豪族であったものが、源氏と平家のあらそいが天下の趨勢《すうせい》をかけての昂《たか》まりを見せてきはじめ、このとき、源頼朝の挙兵に参加した武田信義が大いに活躍をしたことによって、その威望は急激にふくらむことになった。
以来、武田氏は甲斐の国の守護として、繁栄をつづけ、戦国時代を迎えることになる。
足利幕府のちからがおとろえるにつれ、日本諸国は、それぞれの大名や豪族たちが勢力をあらそって戦乱を起し、そうした小さな戦乱の分布が、しだいに大きな勢力にふくみこまれ、実力のある守護大名や戦国大名が生き残り、それらの人びとは、最後の戦争に打ち勝ち、天皇と朝廷をたすけて天下を統治するという名目のもとに、
〔上洛〕
の一事に、突進することになる。
武田氏は、この戦国時代末期に生き残った大名の中でも、もっとも強力な期待をにない、
〔天下統一〕
の大事を目前にして滅亡するのである。
いうまでもなく、そのころの武田家の当主として、英雄の名をほしいままにしたのは、武田信玄（晴信）であった。
信玄の父・信虎《のぶとら》も勇猛な人物で、少年のころに家をつぐや、たちまちに、叔父の油川信《のぶ》恵《しげ》を討ち、駿河《するが》の国の守護大名・今川氏の侵略をも押えた。
その本拠を、古府中《こふちゅう》（現甲府《こうふ》市）へうつしたのも武田信虎であった。

甲斐は、山国である。

ために、古府中をかこむ山々が、武田家の〔城〕となった。古府中・つつじケ崎の本拠に宏大な居館をかまえ、いざ、敵が侵入して来たときは、近くの石水寺《せきすいじ》山の城へ移って戦うわけである。

それよりもむしろ、

「守るよりは、他国へ進出して戦うべし」

というのが、武田の〔家訓〕であったといわれる。

こうした積極的な姿勢によって、戦乱の世を切りぬけようとした武田信虎の後をついだ信玄は、さらに大きな野望に向って突きすすむ。

しかし、信虎は、わが子の信玄によって、甲斐の国から追放されてしまうのだ。

信虎は武勇にすぐれていたけれども、領国をおさめるための人望と政事力に欠けるところがあった。若い信玄は、

（この父では、とても甲斐の国をおさめては行けぬ）

だから、自分の代になったら、父の欠点をすべておぎない、領国をうまくおさめて戦力を充実させ、その上で勢力の伸張をはかろうという意図をもっていた。信虎は、信玄の胸のうちをよく感知していたらしい。だから長男の信玄を遠去け、自分に対して温順な次男の信繁《のぶしげ》を愛し、

（いずれは、わしのあとを信繁に引きわたしたい）

と、考えていたようだ。

信玄は、父の胸底にひそむものを知るや、父を追放して、自分が当主となるべき機会をねらっていた。

そして信虎が、駿河の今川義元夫人となっている娘のもとへあそびに出かけた留守をねらい、信玄はたちまちに行動をおこし、駿河と甲斐との国境を遮断して、わが父・信虎へ、

「もはや、帰国にはおよばず」

と宣告をし、独断で、武田家の当主となったのである。

弟の信繁は、父・信虎へ対しての温順さを、そのまま、兄・信玄に向け、あくまでも兄のためにはたらきつづけ、あの川中島の大決戦の折に敢闘して戦死をとげている。

わが子から追放された武田信虎は、駿河の今川家に亡命したのち、信玄が死んだ翌年に、七五歳（七七歳ともいう）をもって死んだ。

上洛街道まっしぐら

武田信玄が、甲斐の国から京都に至る諸国を討ちたいらげ、京都へ入って天下の政権を打ちたてるためには、先ず、越後の上杉謙信の始末をしておかねばならなかった。

それでないと、上杉が背後から襲いかかって来る。

しかも相手は、簡単に始末をしきれぬ豪勇の大将であったから、信玄は上杉謙信との戦闘に、その生涯の大半のエネルギーをついやしてしまった、といってよいほどだ。

地図を見れば、たちどころにわかることだが、武田信玄が上洛をするためには、甲斐の国をとりまく、すべての国々を制圧してからでないと、先へすすめぬ。

信州と関東は、なによりも先に、信玄が〔わがもの〕とすべき国々であった。

上杉謙信は謙信で、朝廷からゆるされた〔関東管領《かんれい》〕という任務を遂行するため、はるばると越後から出動し、関東の北条氏を主軸とする勢力と戦いつづけている。

だから信玄は、北条氏とも盟約をむすび、上杉軍に対抗すると同時に、越後と関東の間によこたわる信州の国々の経営にちからをつくした。

謙信も、信州を武田にうばわれて、関東への進出が困難となる。

そこで、上杉・武田の両軍は、信州の地に出動し、かぞえきれぬほどの戦闘をくりかえしたのであった。

その総決算が、永禄四年の川中島会戦である。

武田信玄の攻撃の裏をかいた上杉謙信が、夜陰に乗じて、妻女山《さいじょさん》の本陣を下り、川中島の濃霧の中を、ひそかに八幡原の武田本陣へ肉迫した。

総大将の謙信みずからが、信玄の本陣へ殺到し、馬上から信玄へ切りつけて負傷せしめたほどの激戦であり、双方がはらった犠牲は非常なものだったけれども、この戦争によって、信玄も謙信も決定的な勝利を得たことにはならなかった。

ところで……。

この大会戦があった前年に、尾張の織田信長が、駿河の太守・今川義元を桶狭間《おけはざま》に奇襲し、義元を討ちとって大勝利をおさめている。

それまでは、尾張の小大名にすぎなかった織田信長が、足利将軍とも関係がふかい名門の今川義元の大軍（四万とも二万五〇〇〇ともいわれる）を、わずか二〇〇〇余の兵力で打ちやぶったことになる。

信長は、これよりのち、隣国・三河の徳川家康と同盟をむすび、果敢な軍事力と巧妙な政治力を駆使して、めきめきと頭角をあらわし、上洛への道を驀進《ばくしん》して行く。

天下制覇を目の前にして

信長が、美濃の国へ進出し、岐阜へ居城をかまえると、京都への最短距離に立つ大将になってしまった。

武田信玄も上杉謙信も、実際に信長と決戦をおこなうとしたら、信長の軍団などは、事もなく打ちやぶっていたろう。

それほどに、武田・上杉の軍団は強かった。おそらく、日本最強の軍団といえたのではないか。その強い二人が、絶えず牽制《けんせい》し合い、闘い合っている。そのひまに、信長は、目ざましく躍進をつづけて行ったのだ。

武田信玄が、山国の甲斐ではなく、駿河か三河の大名であったなら、とても信長の芽は出なかったろう。出る前にたたきつぶされてしまっていたにちがいない。

だが信玄は、元亀三年（西暦一五七二）に、いよいよ上洛の軍を進めんと決意し、大軍をひきいて、三河・駿河の国々を大きく制圧し、徳川家康を三《み》方《かた》ケ原に打ちやぶった。

しかし、そのすぐあとに信玄は発病する。

そして翌天正元年の四月に、大軍を甲斐へ引きあげさせる途中の陣営で病歿した。ときに五三歳であった。

信玄の跡をついだのは、側室・諏訪《すわ》御前《ごぜ》の腹から生まれた勝頼である。

信玄には、正室・三条どのの腹から生まれた長男の太郎義信《よしのぶ》がいたのだけれども、義信は今川義元のむすめを夫人に迎えていて、そのうちに父・信玄が今川家との友好関係をふみにじろうとしたとき、父を批判したため、信玄に殺害されてしまっていた。

さて……。

武田信玄は死を目前にして、わが子・勝頼へ、

「これよりは上洛ののぞみを捨てよ。甲斐の国をまもることによって、戦乱の絶えるを待て」

と、遺言をしたそうな。

勝頼は、勇敢な武将であったけれども、

（とうてい、わしにはおよばぬ。むりをして滅亡をまねかぬように……）

と、信玄は見きわめていたものらしい。

こうして信玄が死ぬと、織田・徳川の武田家へ対する攻勢が、にわかにきびしくなりはじめた。

これまでの織田信長は、武田と上杉の両雄の実力を警戒し、あくまでも下手に出ていたのだが、信玄亡きのちは、

「勝頼を討ちほろぼしておかぬと、先へ進めぬ」

というわけで、武田家の討滅に全力をそそいだ。

信玄が死んでも、武田の軍団の強さは、それほどに信長を恐れさせていた、ともいえる。

武田三代の滅亡

武田勝頼は、亡父・信玄時代の勢力が、しだいにちぢめられて行くのがたまらない。豪勇の大将だけに、父に負《ひ》けをとらぬだけの成果をあげたかった。

戦争には強いのだが、若いだけに、麾下《きか》の諸将を押え、領国を経営するだけの人望と政治力がどうしても不足している。

信玄のような偉人の若いころと引きくらべたら気の毒というものだが……。

信玄が死んで五年後の天正六年に、上杉謙信が死んだ。これで、信長がもっとも恐れていた二人の強敵が世を去ったことになる。

そのとき、すでに武田勝頼は、織田・徳川の連合軍と長篠《ながしの》に戦い、大敗を喫している。この戦争で、織田信長が大量に投入した〔鉄砲〕という新兵器の前に、武田軍は総くずれとなったのであった。

信玄亡きのち九年目の天正一〇年。

織田信長が、徳川家康と共に大軍をひきいて甲斐の国へ攻め入って来た。

武田勝頼は、古府中から新府《しんぷ》の城へ移り、敵軍を迎え撃つことになった。

ここにはじめて武田軍は、わが領国へ敵の侵入をゆるしたことになる。

武田に属する諸方の城は、つぎつぎに打ちやぶられるか、または織田軍に降伏してしまった。

勝頼の弟の仁科盛信《にしなもりのぶ》がまもっていた信州・高遠《たかとお》の城がやぶれ、盛信が腹を切って自決したとき、

(新府の城では、とても敵をふせぎ切れない)

と、武田勝頼はおもい、城を出て、重臣・小山田信茂《おやまだのぶしげ》の手びきにより、小山田の岩殿城《いわどの》へたてこもるべく出発した。

このとき、小山田は織田軍と密約をかわしてい、途中で勝頼を裏切ってしまった。

このため勝頼は夫人をつれ、五〇名ほどの家来たちと天目山《てんもくざん》のふもとまで逃げたが、ついに、織田軍の包囲をうけた。

勝頼夫妻は、覚悟をきめ、家来たちが必死の防戦をしている間に、自殺をとげた。

ここに武田家はほろびた。

織田信長は、

「今度こそ、根絶やしにしてしまわなくてはならぬ」

というので、徹底的に武田の残党を探索し、殺した。徳川家康が信長には内密で、武田の遺臣をかくまい、自分の家来にしてしまったというはなしは、よく知られている。

家康は常々、

「わが手本は信玄公じゃ」

と、いっていたほどだから、武田の遺臣を召し抱えることにより、信玄の戦法や政治の仕組をすべて〔わがもの〕としてしまったことになる。

武田家がほろびて間もなく、織田信長は、明智光秀の謀叛をうけ、京都・本能寺に害せられた。

信長には、信忠という立派な跡つぎがいたのだが、信忠もまた父と同じに、明智軍の急襲をうけ、二条城で自決してしまった。

ゆえに……。

信長が、その大半を成しとげつつあった、〔天下統一〕の大事業は、そのまま、信長の重臣であった豊臣秀吉がうけつぎ、これを完成することになるのである。

加賀百万石と前田家

前田家以前の金沢

金沢《かなざわ》の地に人があつまり、生活をいとなむようになったのは、やはり、蓮如《れんにょ》上人の北陸布教からであろう。

以来、およそ一世紀もの間、金沢は北陸に於《お》ける一向宗徒の中核となって発展して行くわけだが、戦国の時代に入ると、宗徒たちは団結して武器をとり、領国支配をはかろうとする守護大名や戦国大名たちと戦いはじめる。

すなわち〔一向一揆《いっき》〕だ。

北陸における彼らの反抗は、織田信長によって、ついに鎮圧され、以後は信長麾下《きか》の宿将・佐久間盛政が金沢を領有することになる。

このとき、盛政が築いた〔尾山《おやま》城〕がのちの〔金沢城〕の前身なのである。

さて……。

織田信長が変死したのち、にわかに擡頭《たいとう》した豊臣秀吉が、越前の国主・柴田勝家を攻めたとき、勝家の甥《おい》にあたる佐久間盛政は、いうまでもなく叔父の勝家に与《くみ》し、賤《しず》ケ岳の合戦に敗れ、捕えられて首を斬られた。

ここに豊臣秀吉は〔天下人《びと》〕としての第一歩をふみ出したわけだが、秀吉は佐久間盛政の尾山城を前田利家《としいえ》にあたえた。

利家は、能登《のと》の府中城から尾山へうつり、城の名を〔金沢城〕とあらためた。

前田利家は、そのころ、柴田勝家の〔与力《よりき》〕という立場にあった。ために、勝家と秀吉が戦ったときの進退は非常にむずかしかった。

だが、そこはむかし、利家が〔犬千代〕とよばれ、秀吉が〔藤吉郎〕を名のっていたころから、たがいに仲よく織田信長へ奉公してきた間柄であったから、降伏した利家を、秀吉はこころよくゆるした。

というよりも、自分の下《もと》へ来てくれた利家をよろこんで迎えた。

利家は、旧領の能登一国を安堵《あんど》されたばかりか、加賀二郡をもあたえられ、やがては加越能三国で百万石という〔大身代〕の基盤をきずくことになったのである。

そして金沢は、前田利家以来、一四代にわたって前田家の居城となり、明治維新にいたるまで、加賀百万石の首府として発展しつづけることになる。

加賀百万石安泰への道

もっとも、その道は平坦なものではなかった。

第一の危機は、豊臣秀吉が死に、ついで藩祖ともいうべき前田利家が世を去ったときにやって来た。

あの〔関ケ原合戦〕によって、石田三成《みつなり》を主軸とする豊臣勢力を打ち破った徳川家康が、ようやくに天下の大権をつかもうとするとき、またも前田家の立場は微妙をきわめたようだ。

利家の長男・前田利長は、故秀吉の遺子で、まだ幼ない秀頼を補佐する立場にあったわけだが、

「ぜひに味方をたのみたい」

と、石田三成からのさそいも執拗《しつよう》をきわめたらしいし、利長も一時は、三成の西軍に参加し、家康を討とうとしたらしい。

だが、翻意した。

老臣たちが利長をいさめた、ともいわれている。

だが結局は、利長自身の賢明な判断によって家康に屈服したのであろう。もちろん利長は家康に好意を抱いてはいなかったろう。

徳川幕府に対する前田家の、いわゆる〔隠忍自重《いんにんじちょう》〕は、このときから始まる。関ケ原戦後、前田利長は最愛の生母・芳春院《ほうしゅんいん》を徳川家へ人質にわたした。芳春院すなわち、前田利家の糟糠《そうこう》の妻・松子である。

この松子が、利長のことを、

「わが子ながら、まことによく行きとどいた人で、親もおよばぬふるまいは筆にも口にもつくせぬほど」

と、ほめたたえている。

利長の事蹟に鮮烈さはないが、それだけに、豊臣から徳川へ移り変る時代の転換期における進退にはなみなみならぬ苦心があったものとおもわれる。

かくして芳春院は、人質として一五年を江戸にすごし、わが子・利長が亡きのち、慶長一九年の夏に、六八歳の老齢をもって金沢へもどって来た。

江戸に苦悩の日々をすごしていたころの彼女の歌に、次のような一首がある。

過《す》ぐし越し六十路《むそじ》あまりの春の
ゆめ、さめての後は嵐《あらし》吹くなり

徳川幕府の、前田家に対するきびしい態度は、芳春院のことのみではない。

利長の弟・利常《としつね》に、家康の孫女を嫁入らせ、まだ男子の出生を見なかった利長の後つぎを利常に決めさせた。

そのかわりに百万石の身代となったわけだが、徳川幕府が前田家をきびしく監視しつつも、北陸の大守として温存させつづけたのは、やはり、前田家を敵にまわしたときの不利をさとっていたからであろう。地理的にも江戸からは遠く、いざ戦争となった場合、平定することがまことに難渋をきわめる。これは過去の歴史が証明していることだ。

この点、前田家は、九州・鹿児島の島津家とよく似ている。島津などは関ケ原において、はっきりと〔西軍〕に参加しているにもかかわらず、領国を安堵されている。

そして……。

前田家は、三代・利常の時代となる。

豪胆な三代目利常

利常は、家康・秀忠・家光の三代にわたる徳川将軍のもとに加賀百万石を維持した藩主だが、これは、なかなか豪快な〔殿さま〕だったようだ。

利常が、こんなことをいいのこしている。

「徳川家康公は、日ごろ見るところ、ものしずかで重いところのある人物である。あるとき、駿府《すんぷ》の城で自分が廊下にいると、その前を、どんすの袴《はかま》のすそをまくりあげて通られたが、いやはや、あかぎれだらけの汚い足であった。自分の前へ来てしゃがみこみ、いやお若くてうらやましい。先代（利長）のことをおもい出す、などというたよ」

利常は、三代将軍・家光の治政となってからも、江戸城内で禁ぜられている頭巾《ずきん》を平気でかぶり、登城したり、乗物から下りねばならぬところを悠々として乗物のまま通行したりした。

この気骨も、家光が世を去ると、急におとろえたようだ。

徳川幕府の土台が、しっかりとふみかためられたことを、利常はよくわきまえていたからである。

利常の後は、その子の光高《みつたか》がついだ。

そして、その後が前田家五代目の君主で、名君といわれた前田綱紀《つなのり》となるのである。

一に天皇、二に将軍、三に前田

前田綱紀は、父・光高の長男に生まれた。

光高は三一歳の若さで亡くなったとき、綱紀は三歳の幼児にすぎない。

まだ祖父の利常は元気でいたから、綱紀の養育は、利常によってなされた、といってよかろう。

前田利常は幼い孫の後見として、ふたたび藩政を監督することになった。

利常はときに五三歳であったが、「孫が成人するまでは……」

と、必死になったろう。

有名な改作法をはじめとして、民政をととのえ、幾多の事件を解決しながら、藩の土台がためをしっかりとおこない、これを綱紀へゆずりわたしたのであった。

利常は、会津藩主・保科正之《ほしなまさゆき》の次女と綱紀との結婚を幕府にねがい出て、これをゆるされた。

保科正之は、将軍家光の異母弟にあたる。

これを見ても、老いた前田利常の思慮がいかに円熟し、変化してきたかがわかる。

なにしろ、そのころの前田利常といえば、あの伊達政宗が、

「日本第一の貴は天皇である。二は将軍家で、三は前田利常殿。その次が自分じゃ」

といったほどの人格が、さらに琢磨《たくま》されてい、保科正之は、

「ねごうてもないことである」

双手をあげて、この縁談をよろこんだ、といわれる。

正之は、二代将軍・秀忠の妾腹の子であり、会津藩主であると同時に、四代将軍家綱の補佐となって幕府政治に重きをなした。

戦国の世が終って約四〇年。徳川幕府は〔終戦の処理〕を終え、その政治機構をととの

えると共に民政への意欲を発揮しつつあった。もちろん、その中核となって活躍したのが保科正之であって、ここには彼のすぐれた政治家としての面貌を記す余裕はないけれども、前田綱紀が正之のような父をもったことは、しあわせなことであった。

祖父・利常が亡くなったのちも、綱紀は岳父・保科正之の指導をうけつつ、加賀藩政の政業を徐々におしすすめて行き、金沢城下を中心として領国の民政にちからをつくした。

こうして、加賀藩は名実ともに百万石のスケールをそなえるに至ったのである。

明君綱紀の内政

政治も学問も産業も工芸も、現代も尚、金沢に残る〔文化的遺産〕のほとんどが、この時期にととのえられたといってよい。

たとえば……。

綱紀が茶道師範として、わざわざ京都から招いた千宗室《せんのそうしつ》にしたがい、金沢へ来て〔大樋《おおひ》焼〕を創始した陶工・大樋長左衛門が制作した当時の作品を見ても、その豪快でいて、しかも濶達《かったつ》な造型美に、われわれはこころを打たれる。

これは〔やきもの〕に無知なものの眼にさえもあきらかなものであって、つまりは、こうした文化人がたくさんにあつまり、〔殿さま〕の前田綱紀の庇護《ひご》をうけつつ仕事をし、その仕事が種々の産業へむすびつき、さらには領民たちの生活へつながっていったのである。当時の総合的な〔町づくり〕がどのようなものであったかは、金沢をおとずれるなら、たちどころに判然とするであろう。

　前田家のような大身代になると、殿さまの独裁というわけにはゆかぬ。代々の老臣・重臣の権力も非常なものであって、綱紀も彼らを制御するためには、ずいぶんと苦心をしたらしい。

　こうしたときに、保科正之の助言ほど貴重なものはなかったろう。

　なんといっても、現将軍（四代家綱）の叔父にあたり、幕政を一手に切りまわしている保科正之が後楯《うしろだて》になってくれているのだ。綱紀は実にこころ強かったろう。

　正之が病歿する前には、折しも江戸藩邸にいた綱紀が、毎日かならず見舞いに出向き、このため、本郷の藩邸では距離が遠すぎるというので、松平越中守屋敷を借りうけ、日に二度、見舞わずにはいられなかったという。

　前田綱紀は、健康であった。

　ほとんど病気もせず、七〇余年にわたって藩主の座に在《あ》ったのだから、おもうところの大半はやりつくせたろう。綱紀が名君主でも、もし短命であったなら、金沢も加賀藩も、別の様相を呈したにちがいない。

　つまり、曾祖父《そうそふ》・祖父・父の遺志のすべてを、前田綱紀が実践し得たことになる。これは、加賀藩にとっても金沢にとっても幸福なことであった、といわねばなるまい。

元禄九年に領内が凶作に見まわれたとき、綱紀は江戸から帰国の途についていたが、金沢城内へ入るや旅装も解かず、すぐさま群臣を引見《いんけん》して救恤《きゆうじゆつ》の命令を下し、昼夜一睡もせずに数日をすごした、といわれる。

綱紀の事蹟と言行については、とても書ききれぬが、その中でひとつ、興味ふかい彼のことばを、次に記しておこう。

綱紀は、老人のつつしむべきこととして、

「それは三つある。一は老いて情がこわくなること。二は物事がくどくなること。三は世のうつり変りと風俗を知らぬこと。この三つをよくよくつつしまねばならぬ」

といい、

「このほかにつつしむべきことは……若いころは衣裳を飾らなくとも美しいものだが、老人となって手足のゆびや、くびのまわりに垢《あか》よごれのあるのは、まことに見苦しいものじゃ。老いたるものは、よくよく身ぎれいにせねばならぬ」

こういっている。

綱紀は正夫人との間に子が無く、側室数人に六男六女をもうけた。

長男から三男まで、いずれも早世したので、五男の吉徳《よしのり》が前田家六代の藩主となった。

享保《きようほう》九年五月九日。

前田綱紀は江戸藩邸にて歿した。

享寿八二歳。関節炎と胃腸が悪くなったものらしい。

病床にあって、尚、吉徳へ後事をいいふくめ、藩主たること七九年の生涯を終えた。

この間、君上《くんじょう》の位に在って社稷《しゃしょく》生民の責に任ずること、このごとくの長きに至るものは、

「古今、たぐいまれなることなり」

と、物の本に記してある。

Ⅱ　あたたかい街

余白に

上越線の後閑《ごかん》という駅から七里山を巻いて奥へ入った谷間にあるH温泉には、少年の頃から、たび〳〵出かけて行った。「はりつけ茂左ヱ門」の旧蹟《きゆうせき》や「塩原太助の生家」などが、山へ入って行くバスの窓からも見える。秋になるとこの辺の農家のくすんだ軒には、ぽっかりと明るい色を浮び上らせて柿がつるしてある。そして、どの農家の門口にも、必ず、コスモスの群が風にそよいでいるのだ（コスモスの村……）と、僕の友人の一人が、そう云《い》ったものである。そういう、ひなびた、清らかな山村の風景が、次第に奥深い山の樹《き》の匂《にお》いと、渓流のすさまじい唄声《うたごえ》に変って、バスは切りたった崖の淵の道を、あえぎ乍《な》がら、のぼっては下り、又のぼっては下って行く。

昔、越後の大名が江戸へ出て来る時に通行した街道は、猿ケ京の関所跡から右へ登って、三国峠を境いに越後へ伸びているのだが、バスは、たゞひたすらに谷底へ下って、木羽《こば》ブキの屋根に石を乗せラムプが灯《とも》る温泉宿へ着く。

石を敷いた丸太づくりの浴場には、清冽《せいれつ》な温泉が、ふき上るように湧《わ》き出ていて、春にでもなると窓から射し込んでくる陽《ひ》の光りを透して、青葉若葉のいろが、まッ青にお湯の中まで染めてしまいそうな気がする。それ程、山深いところだ。

終戦後、復員して来ると、僕はすぐに、この山の湯をたずねて行ったのだが、相変らず、ひっそりと、戦争というものゝ匂いすら感じられない程、この山の湯は、しずかに、のびやかに僕を迎えてくれたのである。

客といっては、渡廊下をへだてた向う側の一室に、東京から湯治に来ているという品のよい老人と二人切りだった。一週間程いるうちに、僕はこの老人と口をきゝ合うようになり、部屋へ招《よ》ばれて、老人が手ずから煮るゆで小豆の御馳走《ごちそう》になったりした。

老人は昔、外務省に勤めていたとかで、巴里《パリ》や伯林《ベルリン》に居た頃の話をしてくれた。若い日の夢を語る老人は、実に愉快そうであった。

宿の将棋を借りて来て、二人で終日指し合ったりした。

老人は全く、屈託がない様に見え、山の中の一日をさも楽しそうに、散歩したり、たまにはスケッチブックを抱えて、附近《ふきん》の山へ出かけて行くこともあった。東京にはお嬢さんがひとりいるということだったが――（いゝ御身分なんだな、あの老人――）そう思った。

いよ〳〵東京へ帰る前の日の夕方に、老人の部屋へ挨拶《あいさつ》に行くと老人は、毛布にくるまってうたゝねをしていた。出直してくるつもりで、ふと枕元に眼をやると、新聞や書籍の間に、写真が一枚落ちている。見ると陸軍士官の軍装をつけた凜々《りり》しい青年のものだった。あとで老人に聞くと、微笑したまゝの、和やかで明るい表情をくずしもせずに

「息子でしてね。死にましたが——」

短く、こう答えてきた。翌朝、薄明のうちに起きて浴場へ行くと、開け放しになっている戸口から、お湯につかっている老人の端正な横顔が見えた。声をかけようとしてハッと思い止《とど》まったのは、まだ女中たちも起き出ていない朝の静寂な気配の中で石のように眼をつぶって動かない老人のその横顔に、涙が一すじつたわっている様な気がしたからである。

——僕は、そのまゝ部屋へ引返して来た。

今度書いた「檻の中」の主人公風間祐三という老医の中には、いくぶん、この老人のおもかげが漂っているかもしれない。

うれしいこと

私の家は、私で六代、東京に住みついているが、七代前の先祖は井波（東砺波郡《ひがしとなみ》）の町で、宮大工を渡世の職としていた。つまり私のからだには越中人の血が流れているわけ。出身地の井波と、姓の池波の間にもたぶん何かしらの関連があるであろう。

その関連についてはまだ調べていないが、遠い祖先の住んだ地の越中については、もちろん深い関心を久しい以前から抱いていた。いつかは富山藩に取材した長編をと考え、旅行にはよく行ったたし、今も行っている。

日本大学の理事で、スポーツ界、わけても角力界の実力者であり、また総合雑誌「民主公論」社の社長でもある橘喜朔氏は、私の親友で、かつ富山県出身者でもある。従って、私の越中旅行は、この橘氏との同行が多いのだが、たしか一昨年あたりのことであった。やはり橘氏をまじえて一行数名、氷見《ひみ》市付近を観光して、ついでのことにバーをのぞいてみた。

ホステスのほとんどが、銀座あたりの彼女らにくらべて、なんらそん色のない美女ぞろいであったのも意外とするに足りたが（――いや、お世辞ではない。前にもいったように私は越中人である。越中人の私が、越中人のホステスにむかって、お世辞をいわねばならぬどんなお義理があろうか）それよりも驚いたのは、勘定書きの金額であった。ビール一ダースに、お料理若干おまけにめいめいがラーメンで腹をくちくして、合計三千数百円という数字は、いったいどんな計算であったのか、いまだに分からない。いうまでもないことながら、東京でなら銀座はおろか、渋谷あたりのバーへ行っても、ビール・本が五千円取られる場合が、めずらしくないのである。

この数字の破格な低廉さは、思うにこの地方の人情の純朴さによるものがあろう。客を見てボルというようなことの、絶対にできない素朴さがある。

素朴さの楽しみは、しかもバーの勘定書きだけではない。日本の全国が観光地と化してしまった現在、私の知るかぎりでは、たとえば町の魚屋でシンコどじょうを買って、鍋ごと旅館へ持ちこめるような地域は、富山県をのぞいて、ほかには見当たらない。

これも数年前、やはり橘氏などといっしょに漁港の雨晴《あまはらし》に遊んだとき、持ちこみの材料でタラ汁を作ってもらったが、ああした楽しみも、富山県なればこそであったろう。しかもそのタラ汁の費用はわずか千八百円でしかなかった。

その土地でとれる材料で旅の風趣が存分に味わえて、しかも値段が破格に安い――という点では、雨晴のほか、新湊《しんみなと》、越中宮崎など、日本海沿岸の富山県下は、すべて同一の模様である。観光旅行なら富山県へ、であろう。

しかし私は、富山県下の観光事業の、お先棒をかつぎたくて、こんなことを書いているのではない。近代化とやらで、人間の誰も彼もがみょうにコスッ辛《から》くなり、人間性のどこやらに、とんでもないゆがみが出来てしまっている現在、富山県下のすくなくとも日本海沿岸には、そうした悪気流に毒されない地域がまだ、確実にのこっている。

私にとって、うれしくてならないのは、そのことなのであった。

上田の印象

私が信州・上田の町を親しく見たのは、いまから十年ほど前に、NHKのテレビ中継による〔上田・別所〕の探訪ゲストに招かれたときであった。

このときは、三日も上田に滞留した。

冬の最中で、雪が降る国分寺や上田城址《じょうし》へ出向いてアナウンサーと共にテレビカメラの前へ立った。

その折、上田市役所の観光課の方々や、城内二の丸の博物館などのみなさんの、あたたかい援助ともてなしを、いまも忘れない。

その後も友誼《ゆうぎ》が絶えず、このたび、私が週刊朝日に連載している『真田太平記』の取材にあたっても、いろいろとお世話になった。

駅前からの坂道をのぼって上田城へ達する道すじに、私は、かぎりなく旧城下町のおもかげを看《み》る。

なつめ河岸《かし》のあたりも、好きだ。

そして、古いのれんをくぐって入った店の蕎麦《そば》の味もなつかしくてたまらない。裏通りのカレーライスを深夜の書斎の空腹時に想《おも》いうかべることもある。

いずれにせよ、土地は、その土地に住む人によって、着実に印象づけられる。人の、あたたかい心のない町、土地は、いずれ、ほろび絶えてしまうにちがいない。

東京にいて、折にふれ、上田の人々の顔をおもい、上田の町をおもうことは、私の幸福なのである。

北海の旅

「幕末新選組」も、いよいよ大詰に近づいた。

ちかごろ、私は、これほどたのしんで執筆した小説も少ない、と言える。

なぜなら、永倉新八という主人公が、むかしから大好きな人物であったためだ。

それだけに、京都へも大阪へも何度か足をはこんで、小説の背景をつくりあげるのに力を入れた。

永倉新八は、その晩年を北海道・小樽《おたる》に送った、と書いてしまうと小説の興味もうすれようが、この稿を書けという編集部の注文であるから仕方もあるまい。

新八、最後の地である北海道をおとずれようという計画は「新選組」を書きはじめたときから、『地上』編集部のHさんと練られてきたものである。

私は、北海道へ飛んだ。

Hさんと、札幌駐在のMさんが同行してくれ、だんどりは、すべてMさんがつけておいてくれた。

先《ま》ず、札幌在住の杉村道男氏を訪問することが第一の目的である。

杉村氏は永倉新八のお孫さんにあたられる（しかも本誌の読者に関係のある道農業経営専門技術員だということも、私たちに旧知のような親近感を抱かせた）。

札幌へはジェット機で一時間、あっという間だった。

戦前に一度、私は札幌をおとずれたことがあるけれども、そのころの田舎町然としたサッポロと現在のそれとは、おどろくべき変化、発展をとげていることに、先ず瞠目《どうもく》した。

杉村氏は、あたたかく迎えて下さった。新八自筆による種々の書物や書類を見せていただきながら、

「うちのじいさんはですねえ……」

ゆったりと語る杉村氏の言葉は、私を、かなり興奮させた。新八について、今まで、どの書物にも書かれていなかったエピソードを聴くことができたからである。

内容はここではふれない。最終回をたっぷりつかい、このときの収穫をぶちまけるつもりである。

札幌では、Mさんが案内してくれた。ススキ野近くの〈百壺《ひゃつこ》〉という料理屋がよかった。シシャモや鮭《さけ》や、グリーン・アスパラやツブ貝などを目の前の火で焼きあげただけの料理なのだが、材料が新鮮だし、北海道の名産である。ずいぶん食べたものだ。

二日、札幌にいて、車で小樽へ向った。

ここは、またサッポロより、すばらしい。

カラフトとの交易が戦後絶えてから、小樽は、ほろびゆく港になったといわれている。

たしかに、さびれてはいるが、その海の色の深さ、エキゾチックな港町の雰囲気はHさんをして、

「いいですねえ、いいですねえ」

の連発とならしめた。

宿が、またよろしい。〔北海ホテル〕というのだが、この明治調の洋式ホテルの建築については、永倉新八の息（すなわち杉村道男氏の父君）である杉村義太郎氏が発起人の一人に名をつらねている。

ホテルの建物は、当時のままであった、と言ってもよかろう。古めかしい、そして気のおけないホテルで、従業員の人々の親切な応対は、旅情をなぐさめるに足るものがある。

このホテル内に〔すきやばし〕という料亭がある。

むろん、ホテルの経営であって、サーヴィスの女の人たちは、カラフト帰りの中年婦人。しかも威勢のよい小母さんたちが、ぽんぽんとユーモアにみちた冗談を飛ばしながら、酒をついでくれ、話相手になってくれる。

生うにや、みがきにしんの一夜干しや、おでんや、マスの塩やきや……つくづくとタン

ノウした。

夜の波止場が、またよい。船も古びた倉庫も、坂道も橋もまるで北欧の港町へでも来たような、すばらしい雰囲気と詩情をたたえている。横浜にも神戸にも消えてしまった〈港町〉の匂いが、ここには在《あ》った。

新八のいた町にも行った。当時のおもかげはないが、私のイメージは、ふくらむばかりである。

にぎやかな江戸に生れ、育った彼が、この北海の地へ流れて来たとき、つめたい空の色と荒々しい海のひろがりを見て、何と思ったろうか……

「もう一日、いたいねえ」

と、Hさんに言ったが、彼は異常寒波にやられて、くしゃみばかりしている。やむなく、函館《はこだて》へ向った。

函館は、新八の僚友・土方歳三《ひじかたとしぞう》戦死の地である。

午後ついて、夜まで市中を見物した。

Hさんは、新婚の夫婦を見ては、しきりに東京の妻君のおもかげをしのぶという始末で、帰心矢のごとしというところだ。

「ぼくは、湯の川へ泊るよ」と言うと、

「今夜、台風が来るそうです。一時も早く、青森へ行った方が無事ですよ」

しきりに、彼はけしかけた。

かくて、函館へも泊らず、夜中の船で青森へ向った。

函館では寿司《すし》――柳小路の〔清寿司〕で、名物のイカの糸づくりで酒をのみ、たらふく食べたが、いざ勘定となると、びっくりするほど安い。

「東京では、もうのまないことだね」

と、二人は誓い合った。

青森で私は、Hさんと別れた。

別れて東北の各地をまわりながらも、私は、まぶしそうに、ちょいと目をほそめた永倉新八の人なつっこい童顔を絶えず思いうかべていた。

セトル・ジャンの酒場

私は、生涯、外国旅行をするつもりはなかった。ところが、昭和五十二年の初夏にH社から、フランス映画に関する本を書き下してくれと依頼があり、それには現地取材をということで、おもいもかけず、フランスへ行くことになった。H社の筒井泰彦さんがつきそってくれ、フランスでは、カメラマンの吉田大朋（当時パリ在住）さんが協力してくれた。

そのとき、パリを中心にリヨン、マルセイユ、ニース、ル・アーヴル、ドーヴィル、ルーアンなどをまわったが、忘れがたかったのはバルビゾンのホテル〈バ・ブレオー〉へ、休養がてら二泊したことだった。イタリア出身のディノ・マルキュアーレという給仕がよくしてくれた所為《せい》もあったが、何よりも、ホテルの行きとどいたもてなしと、パリから車でわずか四十分の田舎が、このようにすばらしいとはおもわなかった。夕飯前に二時間ほどベッドへ入り、昼寝をし、夕飯をすませてもどって来ると、ベッドのシーツはすべて新しく替えられており、淡く、香水がふりかけられてある。庭の花の香りが窓からただよってきた。フランスの田舎は、あくまでも田舎である。新鮮な朝の大気を、うっとりと私は吸い込んだ。

すでに、そのころ、日本は高度成長の都市化がすすんでおり、京都などは、（いまのうちに見ておかないと……）どう変るか知れたものではなかった。だが、パリは石で造られた都市だから、これは容易に変るまいとおもっていた。

とにかく、このときの旅で、私はフランスの田舎のすばらしさを知り、もう一度、来ようと心に決めたのだ。それが以後、十数年の間に合わせて七回もフランスへ行くことになるとは、おもってもみなかった。

このときに、吉田さんが見つけて教えてくれた酒場〈B・O・F〉へ初めて行った。〈B・O・F〉は、レ・アールの片隅にあって、老主人セトル・ジャンにいわせると、「私の代になってからもふくめて、百五十年もつづいている」とかで、パリの何処《どこ》にでもある小さな酒場だった。

ジャンは七十をこえた大男で、フランス語ができる人は「ジャン・セトルというのがほんとうではないでしょうか」と、いうが、ジャンはサインをもとめた私に、はっきりと〈セトル・ジャン〉と書いた。ジャンは、むっつりと押し黙って、愛想もなく、客は、みな同じにあつかった。客に出すものは、モルゴンの地酒、チーズとパンだけである。それに、旨《うま》いペルノーを出した。ジャンは年上の古女房ポーレットと二人きりで酒場を切りまわし、近所に住む人びとや常連だけを相手に商売をしていた。吉田さんは、鬼平犯科帳など、時代物サスペンスを書いている私を知っていたので、「この人は、日本のシムノンみたいな人だ」と、大形《おおぎょう》に私をジャン老人に引き合わせた。とたんに、ジャンはにっこりとして、奥から一冊の本を取り出し、私の前へ置いた。シムノンのメグレ物の一冊で、表紙はジャン老人の写真だった。

シムノンはパリにいるとき、この酒場の常連だったのだ。ともかくも、このときからジャン夫婦の私たちへのあつかいが変ったことだけはたしかだ。私はカラー写真が多く挿入された〈江戸古地図散歩〉二巻をジャンにわたした。ジャンが眼を輝かせて見入ったのは、東京の祭礼の箇所だった。

当時、パリ市民の胃袋を一手にまかなっていた中央市場は郊外へ移り、レ・アール一帯は広大な広場になっていた。パリ市は、地上ゼロ階、地下四階の〈フォーム・デ・アール〉と称する地下街をつくろうとしていた。三年後、またもフランスへ行くと、その工事は急速に進行しており、酒場〈B・O・F〉は戸を閉ざしていた。ガラス戸越しにのぞくと、見おぼえがあるジャンの前かけが埃《ほこ》りをかぶって片隅にあった。

このときの旅は、スペインへも、ちょっと入って、あとは、フランスの田舎をレンタカーでまわった。少年のころから親んだフランス映画や小説の現地を訪れながら、マルセイユ、ニース、ボーヌ、アルル、アヴィニョン、アルピーユ山の端にあるレ・ボウの城址、ニーム、ピレーネ山中のホテル、ガスコーニュへ入って、レ・ゼジー、ロカマドールの奇勝も見た。ロアンヌのホテル〈トロワグロ〉へ泊り、フルコースを食べたのもこのときで、これが私にとって、最後の大食となるだろう。

当時の私は、まだ体力も気力もあった。スペインのアルハンブラ宮址を見に行った折、グラナダのホテルから見た壮麗な夕焼けの美しさは、いまも忘れがたい。私は、外国へ行ったとき、食べることや飲むことには、あまり関心を示めさぬ。第一、外国語を知らないのだから、それが当然というべきだろう。そのかわり、フランス語を知っている友人と、レンタカーの運転をする友人だけは欠かせない。

翌年、私はロアール川に沿った城址をめぐり、ブルターニュからノルマンディを旅したが、その折、セトル・ジャンの顔を見ることができた。ジャンは、店を受けついだルノー君を私に引き合わせ、モルゴンのワインをふるまってくれた。妻のポーレットが階段から落ちて足を折ってしまい、その看病で手がはなせないけれど、日に一回は、店へ顔を出すといっていた。もしも常連だった客が来て、ジャンがいないとがっかりするからだろう。

酒場というより、江戸時代にあった居酒屋というほうがぴったりとする〈B・O・F〉だった。その店の気むずかしい老主人と、めったに笑顔を見せぬ年上の女房。そうした店の雰囲気をまもって行こうとしていたルノー君だったが、つぎに行ったとき、レ・アールへ行って見ると、店はなかった。なかったというよりも、赤ペンキを塗ったハンバーガー屋になってしまっていた。

つぎにパリへ行くと〈B・O・F〉は、またも変貌《へんぼう》していた。革製品の衣類を売る店になっていたのである。パリは急速に変りつつあった。レ・アールには若い男女がひしめき合い、地下街どころか、地上にも、新しい建物が増え、ルノー君の夢も消えてしまったにちがいない。

「ジャンさんは、昔の中央市場で、いちばんの力持ちだったそうです」

ルノー君は、そういっていたものだ。ジャン夫妻には子《こ》がない。肥えた、足の不自由なポーレットを、ジャンは、どのように看病しているのだろう。

この前に、ジャンと再会したとき、何か見舞いでもとおもい、

「奥さんの好きなものは？」

たずねると、ジャンは、にっこりとして、自分の顔を指して、うなずいて見せたものだった。

通訳とレンタカーつきの、フランスの田舎をまわる私の旅は、その後もつづいた。湿気が多い日本よりも、大気が乾燥しているフランスの田舎は、しだいに老いてきた私の心身を爽快《そうかい》にさせてくれた。フランス以外にも、ドイツ、ベルギーなどへ足をのばしたこともある。

一昨年、古い旅のノートを見ていたら、セトル・ジャンの住所を発見した。それで、去年の初夏にフランスへ行ったとき、其処《そこ》を訪ねた。いま、フランスの新開発に大きく活動

している建設会社がつくったアパートで、部屋数も多い。前は石造りのアパルトマンだったにちがいない。

アパートの管理人は、こういった。

「数年前に私どもが此処《ここ》へ来たときには、もうジャンさんはいませんでしたよ。ジャンさんへ手紙が来るので、何とか行先を知りたいのですが、わかりません。パリは、どんどん変って行きますからね。古い物、古い人は、みんな何処かへ消えてしまうのですよ」

私の近況

夏の暑いさかりぐらいは、どこかの温泉へでも行って、一年中はたらきづめの躰《からだ》をやすめながら、のんびりと仕事をしたいとおもっていたのだが、なかなか、おもうようにはまいらぬ。

東京の下町に生まれ育ったものは、避暑という感覚が、まったくない上に、時代小説を書いていると、どうしても自宅の書庫の傍で仕事をしないと不安でならない。

私などは、さして資料を調べることもないのだが、それでも、旅へ出ての仕事はいまだにできない。

ことに今夏は、秋の芝居を二本も書かなければならなかったし、秋から週刊誌の新しい連載が始まるので、今夏もまた、汗だらけになってはたらくうちに「あっ……」という間もなく、過ぎ去ってしまいそうである。

その中で、私のただ一つのたのしみは映画を観《み》に行くことで、人と車で混み合う旅行なぞするよりも、冷房のきいた試写室で好きな映画を観て、帰りに好きなものでも食べて帰って来ればそれで大満足だ。

私の旅行は、シーズンを外れたときにする。

映画といえば、今年の秋に、小説現代へ連載中の「映画日記」を中心にした映画の本が出る。映画批評ではなく、映画を中心にした私の生活をまとめたもので、淀川長治《ながはる》さんと対談したTBSラヂオの記録も、のせるつもりだ。

それと、今年中には、ルポライターの佐藤隆介君がまとめた「池波正太郎の芝居の本」というのも文化出版局から出る。これは写真をたくさんに入れて、私の芝居が出来上るまでをルポしたものだが、私も、いまからたのしみにしているところだ。

毎日毎日、コツコツと仕事をつづける平凡な夏の明け暮れだが、年をとると、もう夜の銀座へ出かける元気もない。

酒は、日中にのむのである。

Ⅲ 劇場のにおい

「鈍牛」について

自分の作品が、初めて大劇場の舞台にかゝるということ――それは、かねての宿望が達せられたというよろこびと共に、劇作をはじめて、まだ日も浅い僕の作品が脚光を浴びることが出来たのも、恩師長谷川伸《はせがわしん》先生はじめ、諸先生、先輩諸氏の暖い指導と激励があったからこそだと、深く肝に銘じている。

芝居があいて、僕の処女上演を、長谷川先生に見て頂けることは、僕にとって幸福なことだ。

「鈍牛《どんぎゅう》」は僕が大劇場の脚本を勉強しつづけ、数篇《へん》の習作をした今迄《まで》の作品中では、一ばん、よいものだと思っている。

大劇場の脚本というものは難しいものだ。

二千に近い見物席を前に、ひろい舞台一杯に演ぜられ、数多い登場人物の一人〳〵を生き〳〵と躍動させ、劇団の個性を生かし、誰が見てもよくわかり、たのしめ、そして勿論《もちろん》、芸術の香気は、ふくいくとして立ちのぼっていなくてはならないわけだ。また、作品の分量、つまり書く原稿の枚数には一定の限度があって多すぎても少なすぎてもいけないし、当り前のことだが、商業劇団の上演に応《こた》えようとする為《ため》の、こうした「大劇場脚本」の性格は抜き差しならないものであり、初めは、そのむずかしさに嘆き、腹をたて、幾度か、少しもよいものが書けない自分を自分で毒づいたものだ。しかし、僕は「大劇場脚本」に取組むことをやめようとは考えたこともなかったし、今度の「鈍牛」上演によって、どうにか芝居の作者として、第一幕があいたばかりのこれからも、書きたいやりたいと頭の中にブン〳〵うなっている沢山のテーマを、この魔物のような（僕にとっては）大劇場脚本の制約とたゝかいつづけ乍《なが》ら、コツ〳〵と書いてゆくことに生甲斐《いきがい》を感じている。

「鈍牛」を書いたのはこの五月だった。表現したいテーマを新国劇の観客の誰にでもたのしく見て貰《もら》えるために一生懸命努力をした。テーマは一口に云《い》えば人間の生きるよろこびを描こうとしたものだ。お客さんが見てくれて、明日への生活力が、いくらかでも、充実してくれゝば、作者として、こんな満足はないのである。

「鈍牛」で鈍牛を演ずる島田正吾氏は僕の書いたものを、ほとんど見てくれ絶えず上演の機会を与え励ましてくれていたのだが――今回やっと、氏の温い気持に、応えることが出来たのはとても嬉《うれ》しい。

「夫婦」

十五、六年前のことだが、私が日本橋の某商店に勤めていたときに、その店の外交員が同僚に茶を飲みながら雑談しているのを耳にはさんだことがある。
それは、こういう話であった。その外交員――仮りにA氏としておこう。A氏は当時四十四、五才だったろうか、体の大きい、短気だが、まことに竹を割ったようなサッパリした人柄だったと覚えている。そのA氏が青春時代、江東の或《あ》る娼家《しょうか》で馴染《なじ》みになった女がいて、会うたびに、その女との交情が、たゞ単に男と女の恋情といったものでなく、人間と人間の暖い友情のようなものさえ加わって深まっていったのだそうだ。

女はA氏より歳上《としうえ》だったということである。

薄給のサラリーマンだったA氏は、そのうちに、九州の宮崎へ転勤を命じられた。女と別れを惜しんだことは勿論である。

一年近く、東京と九州で手紙の往来があり、そのうちに、何時ともなく女の消息が絶えた。A氏も九州で家庭を持ち、数年がすぎ、その女のことを忘れるともなく忘れ、A氏も、いくつかの職業を転々して、また数十年経《た》った。その時が、前に書いた茶飲み話のときにあたるわけだ。私が、その話を聞いた、数日前、A氏は、その女と駿河台《するがだい》の電停前で、バッタリ出会ったのだそうである。

女はA氏の顔を覚えていた。A氏は、昔の女の顔を思い出せなかった。というのは——いま目の前に現われた女の、ふっくらと、豊かに、むしろ福々しいと言ってもいゝ程の奥様ぶりの中には、二十年前の娼婦のおもかげは全く影をひそめ、ことに、連れ立った健康そうな二人の子供（二人とも女）を連れた母親の姿には、声をかけられても、しばらくの間、どうしてもハッキリと事態が呑《の》みこめなかったと言う。

女は、客だった男——上野にある、大きな理髪店の主人の後添えになっていたのだ。「おかげさまで私、いまは思ってもみないしあわせを摑《つか》むことが出来ました」と、女は眼《め》を輝かせて言ったそうである。昔の娼婦だった自分の客になった男に、現在、声をかけた、その女の自信と、昔のまゝの気取りも、てらいもない率直さに、A氏は思わず眼が熱くなったと言うのである。子供は、一人が先妻の子、一人は自分の生んだ子供だったらしい。

A氏と女は、その辺の食べものやで遅目の昼飯を食べて、別れた。

話はこれだけである。どう云うわけか、この話が胸の底に残っていて、一年程前、新国劇に一幕物を——と、頼まれたとき、ふっと、この話を思い出して、妙に、私としては珍らしく早く、五日程で書き上げたのが、この「夫婦」である。

一幕物のために、上演予定が狂って、一年後の今、舞台にのせることになった。辰巳《たつみ》氏の主演で私の脚本を演《や》るのは、これが初めてゞある。それだけに楽しみも大きい。

「牧野富太郎」と「黒雲谷」

私の大好きな写真作家である土門拳《どもんけん》氏の著書に「風貌《ふうぼう》」一巻がある。日本の各方面に渉《わた》っての著名な人々の肖像が数十葉、この中におさめられていて、それは、いづれも見事な作品ばかりであるが、私は、このうちの二葉に強くひきつけられた。

その一葉は赤痢菌の発見者として世界の人類の福祉に貢献され、この一月二十五日、他界された志賀潔博士を写したもので、この日本が誇る大学者が、仙台の仮寓《かぐう》に、新聞紙を張った障子をバックに、バンソウコウで壊れた眼鏡のフチを巻いたのをかけて、淡々とカメラに向っておられる。この写真から受けた感銘を、私は昨年、新国劇が上演した「名寄《なよろ》岩《いわ》」の病院の場で、桜沢博士の台詞《せりふ》に託して舞台に上らせた。

もう一葉は、これも一月十八日、永眠された牧野富太郎博士のものである。白ツツジを片手に、ニッコリとカメラを見入っているその眼の美しさ、あどけなさといおうか、無邪気さといおうか、生れたまゝの澄み切ったその美しい眼の輝きを、私は一葉の写真の上からも、まざ〱と感じて溜息《ためいき》をついたものである。

私は、幸いに昨冬、博士の、この眼と現実に向い合うことが出来た。一生を植物への愛情にさゝげる、というよりも、花や木や草の精となって九十六年の生涯を終えられた、その「眼」の美しさがどこまで舞台に表現出来るだろうか——島田さんはじめ、数十名にわたる諸優の一人〳〵の協力を得て、私は精一杯の稽古《けいこ》に当るより仕方がないと思っている。

「黒雲谷」は昨年の秋、劇団の中堅によって試演されたものだ。私は西部劇のクライマックスだけを切りとって、そこにいろ〳〵な人間像を浮び上らせたいと思い、この一幕物を書いた。

これは主役がいない芝居である。登場人物の一人〳〵が時には主役であり傍役になる。五十五分の上演時間のラストに激しき剣闘をおいて、中堅諸優が、今度も気魄《きはく》に満ちた舞台を見せてくれるだろう。本公演に於《お》ける若手の出しものとして、この一幕が出されたことについて、劇場側と劇団の好意に厚く御礼を申上げる。

「風林火山」の脚本と演出について

〝小説の場合だと、人物の心理描写も、人物の口から出さなくても文章で語れる。場面の設定も自由自在に、飛び、離れ、また元へ戻ることが出来る。これは小説の魅力だ。芝居は、限られた場面と時間の中に、すべてを組入れなくてはならない。だから、そこに、圧縮された人間感情のぶつかり合いが、高く、低く、波を打ってくる。この中で、一つの人生が物語られるわけで、これが芝居の魅力なのであろう。〟

右は、先月、演舞場で新国劇が上演した「廓」の脚本演出に当って、番附《ばんづけ》に記した私の小文の一節である。

井上靖氏の「風林火山」は、いかにも小説を読むということの魅力を持った小説である。それだけに、この小説を芝居に仕立て上げることは、正直、骨が折れた。

演舞場の初日を開け、三日目に、原稿用紙を持って、湯河原へ出かけたときは、頭の中は全くの白紙だったが、原作は、私も好きな小説だっただけに、闘志を燃やしていたことは確かだった。

読売ホールの舞台は尻つぼみの、間口は八間、奥行六間という小さなものだし、しかも場面場面を飾る道具の転換に欠くべからざる廻《まわ》り舞台がないのである。

道具を背中合せに飾り、取っかえ引っかえ裏手で飾りつけては、それを客席に廻すということが出来ず、いちいち、道具をバラしては新らたに飾りつけるというわけだ。それだけ幕間《まくあい》の時間が永くなり、従って、三時間という休憩時間を含めての、私の持時間が喰込《くいこ》まれてきて、中味（原稿の枚数）は、勢い、へらされることになる。

私は、ギリギリのところまで場数を切りつめて、幕間を短縮すると共に、思い切って簡略な道具を使う方針を立て、それによって脚本を執筆することにした。

そう言ってみても、原作は、自由奔放《ほんぽう》に流動する、原稿にして六、七百枚の長篇である。それを七場にまとめ、約百三十枚ほどに書かねばならない。序幕全部を、原作にない人物と事件で、私が創作したのも、この大作の導入部として止《や》むを得ないことであった。また、原作にない人物、即《すなわ》ち、石割半蔵や有賀笹之介を始めとする数人の人物を、私がつくり上げたのも同じ理由である。

創作するということについては根本的に、小説も芝居の脚本も同じことだが、それはまた、全く別々の生きもの、だと言うことが出来る。

原作をお読みになってから、この芝居をごらん下さると、その違いというものがハッキりとわかって、見物の方々は興味ふかいものを覚えられることであろう。

原作に於ける主人公、山本勘助という人物がもつ「美に対する憧憬《しょうけい》」と「騎士道精神」を生き〳〵と脈打たせる為に、私は努力した。そして、井上氏の原作の風味を損ねない為には、万全の注意を払ったつもりである。魅力ある井上氏の人物設定。その性格を、出来る限り、私はこわしたくなかった。

尚《なお》、原作の背後にある史実——それは、事件と、人物と、環境に於ける歴史的事実は、重要な一点、つまり大詰の「川中島の合戦」に焦点を合せ、他の部分は自由自在に、つまり勝手にツヂツマを合せさせて頂いた。ということは、史実にとらわれずに、芝居の、舞台の進行の流れを統一させたということになろうか——。

原作の持つダイナミックな文章のテンポや、捨て難いエピソードや、シチュエーションや、人間関係のいくつかを、私は、思い切りよく切り捨てなくてはならなかった。しかし、採り入れられる限りは採り上げたつもりである。放送や、映画には許されるところの、多くの場面を使用しての、弾力的な物語の進行は、きびしい舞台上の制限によって、これをあきらめなくてはならぬ。

しかし、私達、劇作をしているものは、この制限のワクが、きびしければきびしいほど、反《かえ》って闘志が湧《わ》くものだ。それだけに、私にとっては、今度の仕事は楽しかったし、また、いろいろな意味での貴重な勉強をさせてもらったと言える。

この「風林火山」の配役について、私は、今までの芝居の仕事の中でも珍らしいほど骨が折れた。

芝居の仕事では、配役を決めるということが、実に重要なことであり、芝居の出来工合に微妙な影響をもたらす。また俳優達にとっては、演技が上手になるのも、落ちるのも貰った役が大きな分岐点となる。しかし、石橋を叩《たた》いて渡る気味のある私も、今度は二、三の冒険を、あえてやってみた。かなり大世帯だと思っていた、新国劇の俳優陣をフルに動かして、成果をおさめる為に、配役を決める二日間というものは、頭が痛んで眠れなかった。その成果が、どう現われるか、今度は馬鹿に楽しみでもあり、また不安でもある。

島田、辰巳《たつみ》の両氏が、久しぶりに、各場毎に嚙《か》み合う芝居になったのは、私も楽しいが、見物の方々も、きっと楽しんで下さるだろう。両氏共に適役ではあるが、それだけに、安易に流れる恐れもなし、とは言えまい。しかし、二人とも、実に、真剣な面持ちで、この劇団の自主公演にのぞもうとしている。

舞台設備が、大劇場のそれとは、格段に劣り、道具も大仕掛けで豪華なものを飾れぬとなれば、勢い、俳優の演技がモノを言うわけであり、それを考えると、今度の稽古では、演出の私も、俳優の諸氏も重い責任を背負わされているわけだ。

大詰の「川中島の合戦」を、この小さな舞台でどう見せるか――それも、脚本を書く前から、私を大いに悩ませてくれた。器材設備の充分でないところを、照明の小川昇氏が苦心して腕をふるって下さることと思うし、また音響効果担当としての吉田貢氏。舞台装置の林悌三《ていぞう》氏にも、私の頼るところは大きい。だが、丁度休場中の、明治座についている金井大道具が、今度の道具製作に当ってくれることは、私に大きな安心を与えてくれている。

私も、俳優も、装置も、照明もスタッフの全部が、この読売ホールという劇場には、初めての見参である。読売ホールとしても、本格的な芝居をやるのは、今度の新国劇が、初めてだそうで、そこに不安もあり、楽しみもある。

今度ばかりは、私も舞台稽古の日が来るまでは、ハッキリした手応えが、自分の作品に対して感じられない。つまり、舞台面や人物の動きが絵になって動いてくれないからだ。出来上った脚本の立体化には、何時《いつ》ものように、かなりのイメージを持ち得てはいるけれども、どういう舞台が、光と影を浴び、音をたてて、客席に放射されるか――私は、バカに新鮮な刺激を感ぜずにはいられない。読売ホールの舞台から客席を見渡した感じは、演技し易《や》すそうな、良い雰囲気が感じられる。一風変ったキャバレエみたいな客席は、どこからでも舞台を見易いという美点もある。しかし、舞台裏では前に書いた通りの苦痛を覚えざるを得ない。劇場というものは、一つの生きものであるから、何とかして、私は、この生きものを、この手に手馴《てな》づけ、しっかりと掴みとりたいと思う。

本読みが済んだ今夜——、島田氏は私に言った。

「劇団創立四十周年の記念公演で、しかも自主公演なんだから、僕も一生懸命でやる。この役は、やりたい〳〵と思っていた役だし、何とか成功したい。劇団の人達も、それぞれの部門で懸命にやってくれるのが頼みだよ。ま、とにかくガンバリます」

この人の、初々しい態度に満ちた、熱意と希望に全身を燃やしている稽古に向い合うのも、あと数日中のことになった。それまでには、私も、脚本執筆中に、こぢらせてしまった胃や腹の工合を本通りにしておかなくてはなるまい。

「高田の馬場」

旧冬、旅から帰京した新国劇に、三月の東京で出す二番目の芝居を依頼されたとき、「清水一角」か「中山安兵衛」をやろうと、その瞬間、ふッと心が決まった。

子供の頃、祖父や母に連れられて見た種々な芝居のうち、子供の私に、もっとも強く印象づけられたのは、この二つの芝居である。私が木刀を持出して小さな仲間達と、下町の路地から路地を駈け廻るようになったのも、幼時見た、この芝居の影響があるのかも知れない。

「清水一角」は、後で母にきくと、歌舞伎座で、六代目菊五郎所演のものだったそうだが、酒に酔って眠っている清水一角が、討入りの太鼓の音に眼をさまし、素裸のまゝ、立廻りをしながら稽古着や袴《はかま》を身につけて争闘の場へ駈けつけて行くシーンが、私を昂奮《こうふん》させた。

「高田の馬場」は、祖父に連れられ、浅草の小芝居で見たことをハッキリ覚えている。安兵衛を演じた役者の名は、今も知らない。

この二つの狂言は、その後、成長してからも見ることがあったが、何にしても脳裡《のうり》に浮ぶのは、幼時に見た折の舞台の幻影であった。

辰巳氏は「高田の馬場」の方をやろうと言い、私は一応、のちに堀部の姓を名乗り、赤《あこ》穂浪士《うろうし》の一人として名をあげることになる主人公、中山安兵衛の史実を漁《あさ》った。

安兵衛は、武道の達人であり古今の学問にも通じ、書家としても一派をなした人で、芝居に出て来る「朱ザヤの安さん」「飲んだくれの安さん」とは大分違う。

引受けては見たものの、今までの「高田の馬場」に出てくる安兵衛では新らしく私が書くまでもないのだし、そうかと言って、史実に拠《よ》る描き方でも面白くない。しかも何時もよりは縮めた時間内にハメ込まなくてはならなかったので、この一月一杯は頭が痛かった。

しかし、史実を根拠として、中山安兵衛という一個の人物を創《つく》りあげ、菅野六郎左衛門と中津川祐範《ゆうはん》。それにお仙という女を配して構成がまとまったのは二月に入ってからで、それまでには序幕を三度書き改めた。

だが、あとは楽になり、三日で全部を書き終えることが出来た。

三月は、東宝の火災から新国劇が二つに別れて競演の形をとることになり、私は芸術座に出演する島田組にも「剣豪画家」という現代物を書いたのだが、俳優も二つに別れた為、二本の新作に相当な痛手をこうむることは、演出に当って覚悟をしていたのだが——しかし、稽古に入ってみると、東横も芸術座も、それぞれに抜擢《ばってき》された若い俳優達が激しい熱意を見せてくれているので、舞台は、きっと活気をみなぎらせてくれることだろうと、実は安心したところなのである。

織田音也氏が見事な装置をして下すったし、私も柝《き》を鳴らして、この芝居を楽しく開けたいと考えている。

パトロンと青年

人間というもの、誰しも自分ひとりでは世を渡ることも出来ないし、世に出ることも出来ない。

若いものは、年長者の指導と庇護《ひご》によって成長してゆくものだからである。

パトロンという言葉は、広辞苑によると――保護者、後援者――と解語してあるが、私の書いた「高田の馬場」に於ける菅野六郎左衛門と中山安兵衛も、これはやはり、パトロンと、その保護と指導を受けている若き武士という関係になるのだろう。

一点の利害を考えることなしに、ただ良き人間としての素質をもつ青年安兵衛を温くきびしく見守って助けてやっている菅野六郎左衛門と、この庇護にこたえ、懸命に立派な人間になろうと勉強をしている安兵衛とのヒューマンな愛情の交流に、私はこの芝居の主眼をおいて執筆した。

そして、辰巳氏の安兵衛と河村氏の菅野は、この点を実によく観客の皆さんに汲《く》み通らせてくれたと私は思っている。通らせてくれたということが判《わか》っているのは、この芝居、昨年は東京、大阪、名古屋と廻って、今度は東京の再演ということになるからだ。

「決闘高田の馬場」は去年、東宝の火事のため、新国劇が二派に別れて芸術座と東横ホールに出たときに、東横の辰巳班が初演した。そのため新国劇が二つに別れたということになり、従って、そのときの配役と、今度の明治座の配役は大分違ってきている。その他アンサンブルのすべてに於て、東横のときとは又、変った味《あじわ》いが見られることと考えている。

何しろ昔から有名な「高田の馬場」事件だけに、私は、我々が少年時代から持っていたこの中山安兵衛の十八番斬りへの夢を打ちこわさないよう、しかも現代人が見てもナットクのゆくようにと心がけて執筆もし、演出にも当った。

名古屋御園座《みそのざ》で上演の折、辰巳氏も剣優諸氏も大詰の決斗《けっとう》で力が入りすぎ、刀のツバで辰巳氏は指をブチ切ってしまったことも、なつかしい思い出のひとつである。

この舞台では、劇団の俳優諸氏いづれも生き生きと良きアンサンブルを見せてくれ、私にはたのしい仕事の一つになったものだ。

「賊将」

辰巳氏の依頼で、私が三日間の、あわたゞしい調査に鹿児島へ飛び立ったのは旧臘《きゅうろう》の十二日であった。「桐野利秋」については、かねて集めてあった資料以外には格別新鮮で珍らしいものもなかったが、図書館での調査や郷土史家の話によって、執筆上の自信を得ることが出来たのは何よりであった。

南国的で、のびやかな風土人情や、雄大な桜島の景観——その薩摩《さつま》の国の風土こそは成程、桐野のような、好色で情にもろく、しかも物を怖れることを知らぬ豪傑タイプの男を生み出す母胎になったであろうことが、何となしに感得されたことである。

今の鹿児島では、西郷へも桐野へも、それほど盲目的な尊敬と人気を捧げてはいない。かなり鋭い批判をもって、この二人の英雄豪傑を見ているし、ことに若い人々は今や格別の感興も持つことが出来ないようであった。

西南戦争は、日本人同志が、日本の国土内に於て斗《たたか》った最後の戦争だと言ってよい。この戦争を境いに、古い型の武士気質や豪傑的人生はほろび、近代国家が生み出すさまざまな人間のタイプが生れてくるわけである。

この二つのタイプを芝居の中に、躍動させる為に休憩時間を入れて三時間という私のもらった時間内では、執筆上のさまざまな困難があった。しかし、三時間という時間も、むしろ劇団と劇場が私の希望を最大限に入れてくれての上だということになれば、この域の中で何とか良い芝居にしなくてはならないのが商業演劇作家の宿命でもあるしまた生甲斐？　でもあるのだろうか……。

よって、この作品では――薩摩弁をどの観客にもわかるような言葉に改めて創作したのと同じように、いわゆる歴史的事実の上に、かなりのデフォルメを行っている。それはしかし充分に資料を読みこなした上での演劇的な処理であったのだと御承知願いたい。

東京で前半を執筆し、後半は大阪で書き、そのまま稽古に入って帰京したが、その間、辰巳氏とも話し合ったことだが、今のこのせちがらい時代に、芝居を見に来て下さる人々に対して、どこまでも誠意をつくした舞台をお目にかけようではないか――ということで、まだ短い稽古期間ではあったが、終演後、午前三時、四時にも及ぶつらい稽古を劇団員が、まことに誠意をつくしてやってくれたことに、私は深く感謝している。

島田氏扮《ふん》する西郷さんが、四日目の稽古には早くも本を離して熱心な稽古ぶりを見せてくれたことも嬉しかった。

装置は伊藤寿一氏で、私とは初めての仕事なのだが、大変熱心に気を入れて下さったので、簡潔ながら良いセットが出来そうである。

この芝居は、新国劇という劇団にとって打ってつけの時代環境をもったものだが、それにしても、四杯の道具の中にすべてを押しこめたこの作品を生かすも殺すも一つにその成果は劇団員のアンサンブルにかかっている。上から下まで、俳優諸氏の努力に、私は期待をかけている。

初めて見た芝居

物心がついて、はじめて芝居を見た記憶といえば、母につれられて出かけた劇場で、休憩時間に母の手をはなれて廊下へ出たら、迷子になってしまった。

五歳であったというから、もう四十何年も前のことになる。

自分が大声で泣き出したことと、劇場の係の人たちが私を囲んでいるところと、そのうちに母が廊下へ飛び出して来て、劇場の人たちへ礼をのべてから、私に、「バカ」といったのを、おぼろげながら、おぼえている。

そのとき、私は自分の姓名を、どうにか告げることができたらしい。

「池波正太郎さんのお母さん、受付までおいで下さい」

と、アナウンスがあったそうである。

その劇場が、浜町の明治座だったのである。

そのとき見た芝居が、なんであったか、よくおぼえてはいない。母に尋《き》いても「忘れてしまった」と、いう。

しかし、なんだか、さむらいが槍《やり》を抱えて大声に叫び、花道を馳け込んで行くと幕がしまったのをおぼえている。

左団次の「番町皿屋敷」ではなかったろうか。

その私が、後年、芝居の脚本と演出をするようになり、新国劇と共に、明治座をホーム・グランドとして仕事をしたものだ。

戦後、明治座が火災に合って焼け落ちたとき、駆けつけて茫然となってしまったことを、いまも忘れぬ。それほどに、新国劇と私にとっては、なつかしい劇場なのである。

やがて明治座は再建され、今年は八十周年記念公演がおこなわれ、その演目に「風林火山」がえらばれたことは、私にとって非常にうれしいことだ。

いまは小説のみを書いている私が、まだ脚本一つに全力をかたむけていた十五年前、この井上靖氏の名作を脚色・演出した。以後「風林」は新国劇の当り狂言となって何度も上演されたが、数年前、尾上松緑《おのえしょうろく》氏が、この明治座で山本勘助を初演し、新国劇の島田正吾氏とは、またちがった魅力をそなえた勘助を見せてくれた。

今度は新国劇の辰巳柳太郎《りゅうたろう》氏が持役の武田信玄で、松緑氏の勘助と嚙み合うことになったのは、私も一観客として、まことに、たのしみでならない。

がんばれ南方君

東映京都撮影所には「剣会《つるぎ》」という殺陣《たて》専門のグループがある。

東映時代劇スターの殺陣にからむ、いわゆる〝斬られ役〟の人々が、この会に属し、殺陣の研究にはげんでいる。

南方英二《みなかたえいじ》君は、「剣会」へはいってから、もう十年にもなる。会のなかでも古参であるし、「剣会」をひきいる殺陣師の足立《あだち》伶二郎《れいじろう》さんや谷俊夫《たにとしお》さんの、よきアシスタントでもある。

南方君は、和歌山県田辺市の出身だが、この道へはいるについては、にいさんの楠本健《くすもとけん》二《じ》さんからうけた影響が、かなりあったようだ。にいさんも、東映の古い俳優である。殺陣もうまい。このにいさんが、片岡千恵蔵《かたおかちえぞう》のふき替え（見物にわからぬようにする代役）でみせた〝丸橋忠弥《まるばしちゅうや》〟捕り物の大殺陣は、いまだに筆者の目にのこっている。

やはり、血すじというものであろうか。

南方英二君が、それまでつとめていた繊維会社がつぶれたのをキッカケに、にいさんの手びきで、東映撮影所へはいったのは、昭和二十八年、二十一才のときだったという。

このころは、東映が、ようやく初期の低迷を脱し、時代劇全盛期へ突入しようとしていたときだ。

いまは「剣会」専用のりっぱな道場があるけれども、そのころは設備もひどく、夜ふけの撮影がすんだセットのなかへはいって、殺陣の練習にはげんだものらしい。

「いちいちねえ、セットのなかに落ちている釘《くぎ》をひろいましてね、あばれてもケガをしないようにしてから、もうクタクタになるまでやったもんですよ」と、南方君はいう。

当時は、新入生にたいして指導者は、刀の構え方から目のつけどころ、腰のいれ方、刀をあつかう作法など、剣技に関するいっさいの基本を、きびしくたたきこんだものだ。

いまはちがう。

きびしくたたきこもうとしても、いまはいってくる若い人たちの気持ちを考えると、それができない、と、古参の人々はいうのだ。

〝斬られ役〟でもよい。好きな道なのだから一生、それに徹してもよい。しかし、どこまでも陰の力にうもれたままというのでは、いまの若い人たちの現実的な思考を、なっとくさせることはできない。

おれは、この仕事が好きなんだと、ただ仕事ひとすじに、なにもかも忘れて没入してしまうというタイプは、おそらく南方君ぐらいの年代で、最後となるのではあるまいか。

「まあ、金の問題ではないのですね。会社だの上の人たちだのが、ぼくらの仕事を愛情をもって見守ってくれるという……」

さよう。そのムードがあれば、この人たちにとって、どんなに仕事への張り合いが大きくふくらんでくるか……。

時代劇にとって殺陣は不可欠のものである。斬られ役も同様だ。こういうことをたいせつにしないと、演劇や映画のようなアンサンブルを必要とする商業芸術は、思わぬところから破綻《はたん》をまねくものだということを、当事者は、強く考えておかねばなるまい。

金の問題ではないと、この剣士たちはいうが、筆者がきいた、この人たちの収入というものは、やはり思ったとおりよくはなかった。

いや、よくなさすぎる。

南方君は、いまどき、めずらしいおおらかな青年で屈託もないようにみえるが、「剣会」の人たちの努力にたいして、会社は、何度も抜擢《ばってき》をこころみ、よい俳優に育てあげることの努力を、おこたってはならないと思う。

事実、やらせてみると、刀をさした腰もすわらぬ新劇俳優などよりは、ずっとみごとな演技をしめすことが、たまさか、画面の上に実証されているのである。

休みの日など、南方君は、ぼんやりと家に寝ころがっている。仕事がいちばんたのしみなのだ。休んでいることが、いちばん退屈なのだ。

まだ独身である。からだもりっぱだし、顔も大きい。明るくて素直だから若い連中にもしたわれている。

「何よりも、いい殺陣をつけてもらって、うまい人に斬られて、それが、よく画面にでているときが、いちばん生き甲斐を感じます」

という南方君は、筆者が近ごろ流行の残酷ムードの殺陣は邪道だという説に、賛成してくれた。

殺陣には、美と詩情がなくてはならない。

人殺しの現場を生々しく再現して、見物がよろこぶと思ったら大まちがいである。

「迫力ということと、リアルということとは別ですからねえ」と、南方は断言した。

まこと、もっともなことである。

南方君ほどのベテランでも、障子を破って地面へ落ちるというような仕掛けのある殺陣は、いまでも、こわいそうだ。とにかく、生傷がからだに絶えない。

「片岡千恵蔵先生に斬られるときが、いちばんよいです。とにかく気合いがこもっている。手先で斬るのやないです。からだ全体で斬ってきますから、こちらも緊張しますねえ」

うっとりとして、南方君はいうのだ。

兄夫婦と母と嵯峨《さが》に暮らしている、この好青年の努力が、近いうちに報われるよう、祈ってやまない。

そして、彼の後につづく「剣士」たちにも………。

日本の映画作家たち

東京オリンピックの成功後、日本の高度成長は急激に昂《たか》まり、昭和四十八年のオイル・ショックまで狂気のようなレジャー・ブームがつづいた。

それと歩調を合せるかのように、日本人の生活が単一化されて行き、資本と政治が押しつけて来る〔暮し〕と〔文化〕を同じ姿勢でむさぼるだけとなり、生活の中に〔ドラマ〕が無くなってしまった。

このため、文学も映画も、しだいにバイタリティを失なって行き、ぬるま湯に浸《つか》って〔観念〕だけを追求することになったのである。

田山力哉氏の近著〔日本の映画作家たち――創作の秘密〕を読むと、すぐれた才能と個性をもつ映画監督たちが、世の中の好景気とはうらはらに、手づくりの芸術の一つであった日本映画へ襲いかかったパニックの中で苦闘する姿が実によくわかる。

田山氏の丹念なルポによって追求されて行く十三人の監督の生きざまは、近ごろの〔純文学〕を読むよりも、はるかに興味ふかい。

七年間もの間、三里塚闘争の農民たちと生活を共にしながら、その闘争の生態を記録映画に撮りつづける小川紳介を描いた〔三里塚闘争と愛の苦悩〕の一章や、石原プロの〔ある兵士の賭《か》け〕の製作中に起ったスタッフのトラブルへ巻きこまれて行く千野《ちの》皓司《こうじ》監督を描く〔挫《ざ》折《せつ》しかなかった監督キャリア〕の一章などは、まるで一篇のドラマを見るようなおもいがする。

ことに後者は、私の親友であり、ベテラン・ライターでもある井出雅人が登場するし、そのときのトラブルについては井出君から、はなしを聞いてもいたので、おもわず、引きこまれずにはいられなかった。

いまや、何事によらず、

〔手づくりの芸〕

が滅ばんとする時代である。

メカニズムが生み出す〔芸〕は、どうにでもなるが、手づくりのそれは、いったん滅びてしまったら取り返しがつかなくなる。

そして、いまや、そのことを惜しむこころさえも消え果てようとしている。

歴史転換期の庶民の知恵　サンタ・ビットリアの秘密

映画館で予告篇を見たり、映画雑誌で物語を読んだりして、スタンリー・クレーマーが、今度はものすごく通俗的な映画を作ったのではないか、という予感があった。しかし、実際に見た作品は、まったく違ったものだった。

ウィリアム・ローズとベン・マドーのシナリオが立派なものだし、アンソニー・クインとアンナ・マニャーニをはじめとする配役も適確、クレーマーの演出も、獅子《しし》ふんじんの活躍ぶりである。

何より面白いのは、日本の明治維新に共通するような、時代の転換期に処する庶民の姿である。いつの時代でも、変革期には政権が交代するだけで、一般庶民は、身近な自分の人生に直接関係のあることがらを媒介にして、別に乗り切るという特別の意識もなしに、それを乗り切っていくものなのだ。

明治維新の騒乱たけなわの頃も、江戸庶民の町、下谷では、ちゃんと銭湯が開いていた。

イタリアのある村の農民たちが、ファシズムの時代から戦後への転換期を乗り切った知恵も、この日本の幕末の、町民のエネルギーと、同じものだろう。

それを正面から描いた戦争映画というのは珍しい。ムッソリーニが殺された、というニュースを聞いたアンソニー・クインが、村の給水タンクにのぼって「ムッソリーニ万才！」とかつて自分が書いたスローガンを、消すシーンが、冒頭にある。この映画の主人公は、そうした男なのだ。

だから、村長に祭りあげられても、いつも実によく他人の意見を聞く。独自性を失わずにいながら、けっして頑固ではないのだ。それゆえにこそ、彼は村長の役割を庶民の代表としてみごとやり通すことができたのである。この狙《ねら》いは、実に確《しっ》かり出ている。

ただ、ムッソリーニ時代に威張っていたファシストの村民が、村役場の地下に閉じこめられて、ナチ・ドイツ軍の小隊から目かくしされているのだが、彼らが、百万本のブドー酒の所在を探りにきた親衛隊員に、都合よくつかまり、拷問されてもブドー酒の所在をいわぬエピソードは、ちょっと説明不足である。

外国人の神経では、あれでもいいのかもしれぬが、これは、よく出来たこの作品の、九《きゅう》仞《じん》の功をいっきに欠く、といったたぐいの傷だったように思う。

フェリーニへの憧憬の念　オール・ザット・ジャズ

この映画は、ボブ・フォッシーの回想録という意味をふくめてのみでなく、だれもがフェリーニの〔8½〕を想起するだろう。技法的にそうであるばかりでなく、フォッシーのフェリーニへの憧憬の念すらも感じとることができる。そしてフェリーニの映画で撮影を担当したジュゼッペ・ロトゥンノを招き、そこに見事な結実を見せたのも、フォッシーの炯眼《けいがん》と申すべきだろう。それほど両者の呼吸はぴたりと合って、すべり出しのオーディション・シーンから、稽古場における描写などは息もつかせない。

劇中、クリフ・ゴーマンが試写室のフィルムの中で「……死の過程を五つに分けた。否定、怒り、容認……」だと何度もいうが、これこそ主人公そのものというよりも、稽古から初日を開けるまでの演出者そのものだ。フォッシーが、この映画で打ち出したテーマは非常に重いわけだが、ともかくもたのしい。うれしい。私のように、かつては舞台の仕事をつづけてきた者にとっては、まったくたまらない映画だ。舞台裏を描いて、これほどに神経の行きとどいた映画は過去にも、あまりなかったような気がする。

主役に起用されたロイ・シャイダー〔彼の代表作となった〕、たくましい女性ダンサーを演じるアン・ラインキング、主人公の妻になるリランド・パーマー、いずれもブロードウェイの香りを濃厚にただよわせた好演だった。

そしてラスト・シーン。息絶えた主人公の顔がビニールの袋で被《おお》われた瞬間、エセル・マーマンの十八番〔アニーよ、銃をとれ〕の〔ショー・ビジネスにまさるビジネスなし〕のナムバーが生気溌剌《はつらつ》としてきこえはじめ、やがて暗いクレジット・タイトルの中に消える。すばらしいボブ・フォッシーの演出である。

驚くべき精神と肉体

私は、チャップリンの全作品を見てはいない。

ことに、初期の作品は半分も見ていないだろう。

はじめて、この〔偉大な役者〕を見たのは〔街の灯《ひ》〕においてであった。初期の作品は、その後、いろいろな催しや、回顧的な上映によって見物したのである。

いうまでもなく、私どもが若いころ、チャップリンの映画からあたえられたものは、「愛のこころ」

であった。

それは、いかに喜劇的な、烈《はげ》しいアクションに終始する短篇においても、否応なしに、若い私どもの胸へ沁《し》みとおってきたのである。

チャップリンの芸術については、他の諸氏が、くわしくのべられることとおもう。

私が、何よりもチャップリンを貴重な役者だとおもうに至ったのは、戦後、商業演劇の世界に身を置き、主として、第二次の勃興《ぼっこう》期から最盛期を迎えるまでの新国劇の脚本と演出とで飯を食うようになってからである。

チャップリンの、目ざましい肉体の機能と、その表現力は、まさに、人間の精神と肉体とのむすびつきを完膚《かんぷ》なきまでに、私の眼へ見せつけてくれたのである。

商業演劇は、いうところの〔新劇〕とは大分にちがう。登場する人物の心理描写が、長ったらしい台詞によって、延々と観客に説明されるようなドラマツルギーでは、ひろい劇場へあつまった多数の観客を、舞台へひきつけることは不可能なのである。

すべては、登場する役者の肉体のうごきを主軸にして、観客に語りかけねばならぬ。きかせるよりも、むしろ、見せなくてはならぬ。

ここに至って、私にとってのチャップリンは、たとえようもない教材となったわけだ。

そうなってからは、機会あるごとに、チャップリンの回顧的上映を見つけては駆けつけて行ったものだ。

ところで、チャップリンの映画の中で、もっとも好きなものといわれれば、やはり、私は〔街の灯〕をあげるだろう。

つぎには〔ライム・ライト〕である。

遠い思い出

幼少のころから映画狂だった私が、はじめて日比谷映画劇場へ入ったのは、昭和十一年か十二年だった。それまでは、内外の映画を観《み》るのは、すべて浅草だった。

だが、このとき、ドイツとオーストリア演劇界の大立者マックス・ラインハルトがアメリカへ招かれ、ワーナー・ブラザースで監督した、シェイクスピアの「真夏の夜の夢」が日比谷映画で封切られた。おそらく、これがロード・ショウのはじめではなかったろうか。ロード・ショウだから、他の映画館では上映していない。そこで、はじめて日比谷映画へ行ったのだ。

当時の日本では、このジャンルの映画は当たらなかったようだが、ジェームズ・キャグニィ、ディック・ポウエルなど、ワーナーのスタアが総出演し、メトロからミッキー・ルーニイ少年が借りられてきた。この大作は戦後になり、テレビで再見したが、いま観ても、すばらしいものだ。

映画も映画だが、日比谷は、浅草とは全くちがう匂《にお》いがした。映画館の中にたちこめる匂いも何となくバターやチョコレートの匂いがした。

有楽座のほうは、先ず第一次の東宝劇団で、女形専門だった中村もしほ（十七代目勘三郎）が長谷川伸の「瞼《まぶた》の母」で番場の忠太郎を演じ、立役への道を切りひらいたのも有楽座だ。

それから、新国劇の公演は必ず観に行った。

こうして、浅草専門だった私も、日比谷へ接近するようになったわけだが、戦後、自分でも思いがけぬ方向へすすむことになり、大劇場の脚本を書き、はじめて、新国劇の島田正吾に見てもらいに行ったのが、有楽座の楽屋だった。

島田と同じ楽屋にいた辰巳柳太郎の、対《つい》の久留米《くるめ》絣《がすり》に袴の若々しい姿が、いまも目に残っている。

あれはたしか、昭和二十三年か四年のことだから、もう三十五年も前のことになるのだ。

有楽座は実に観やすい劇場だったが、やがて映画館に変った。

日比谷映画劇場と有楽座で、どれほど映画を観たろう。

印象に残る映画は何か……といわれても数えきれない。

この二つの劇場は、私の青春と、かたくむすびついている。

Ⅳ　下町の少年

浅草六区

浅草で住み暮すものにとって、観音さま（浅草寺）や六区の盛り場は、

「切っても切れぬ……」

ものなのである。

私など、三日に一度は、子供のころから六区へ出かけた。

永住町《ながすみちょう》の家から、江戸時代は新寺町通りとよばれた電車通りを、東へ、約十五分も行くと、田原町《たわらまち》から六区へ到着する。

西へ行けば十分で上野の山下であった。

この通りは、むかしから寺院が多く、したがって、仏具店が軒をならべるといってもよいほどに多かった。

さて、浅草六区といえば、まず、映画見物である。

当時映画街の繁昌、壮観は、いまの、さびれきったそれからは、うかがうべくもない。

この写真は、大勝館といって、松竹系（すなわちSY系）の洋画専門の映画館で、どっ

しりとした西洋建築は六区の映画街に異彩をはなっていたものだ。近年、この歴史的な建物も打ちこわされてしまった。

写真に出ている映画の看板は、メトロ・ゴールドウィンの大作『桑港《サンフランシスコ》』と、フランス映画『シュバリエの放浪児』である。

このときの大勝館へ、私は見物に出かけている。

たしか、小学校を卒業した翌年、兜町《かぶとちょう》の株式仲買店ではたらいていたころに見た。

もっとも、私は小学生のころから、一人で六区の映画館通いをしていて、週に三度は映画見物をした。小づかいをためては出かけて行く。そのかわり、駄菓子を買ったりすることは、あまりなかった。

小学校の五年生のころ、足に怪我《けが》をして、校医から三日間の休みをいいわたされたときなど、むしろ、よろこびいさみ、杖《つえ》をついて六区の富士館へ、大河内伝次郎の『大菩薩《だいぼさつ》峠《とうげ》』を見に出かけたことをおぼえている。

ところで、この『桑港』だが、サンフランシスコの大地震を背景に、クラーク・ゲーブルの暗黒街のボス。スペンサー・トレシイ扮《ふん》する牧師。ジャネット・マクドナルドの酒場の歌姫という配役で、ゲーブルとトレシイが拳斗試合をするシーンなど、いまも、はっきりとおぼえているし、マクドナルドが唄《うた》った主題歌「サンフランシスコ」のメロディを、いまでも口ずさむことができる。少年のころの記憶というものは、おそろしいものだ。

六区へ出かけるのは、映画見物ばかりではなかった。

夜など、家で夕飯をすませてのち、散歩へ出かけ、広小路のカフエー・ナナの前に出ている屋台の牛めし屋へ行くのが、何よりのたのしみであった。ここの牛めしは浅草一と評判をとっただけあって、どんぶり一杯十五銭とる。映画を見るほかに、これを食べるためには、私もずいぶん苦労をした。

それに、騎西屋《きさい》とか三州屋のような飯屋が諸方にあって、まだ小学生の私どもが入って行き、親子丼だの牛めしだの、やきめしだのを注文すると、銀杏《いちよう》がえしの姐《ねえ》さんたちがおもしろがり、さかんに私どもを冷やかす。

これに対して子供の私どもは、いっぱし大人ぶって毒舌をふるったものであった。

このように、東京の下町の子供たちには、貧乏暮しをしていても、それなりのたのしみがあって、いつも、

「明日が待ち遠しかった……」

ものである。

車輛《しやりよう》も馬や牛がひく荷車がほとんどで、トラックなどは、あまり見かけなかった。

町々の道は、すべて、私たちの遊び場であり、大人たちの社交場だったのである。

下町の子供は、別に、

「海へ行きたい、山へ行きたい」

などと、おもったりはしなかった。

自分たちの住み暮す町での、四季それぞれに移り変る生活とたのしみを追うだけで、精いっぱいだったのだ。

下町の少年

この写真を見ていると、

「手もなく……」

桑原さんが、私を撮ったようなものである。

場所は、浅草・永住町。道を小走りに駆けている少年は、この年代の、この町で暮していた私そのものといってよい。

いまは〈台東区元浅草〉などという、妙な町名にされてしまったこの町は、〈十二間道路〉とよばれた大通りを境いに、西方は下谷区となってい、私は祖父のはからいで下谷の知人宅に寄留し、十二間道路を越え、西町小学校へ通った。

ほんらいならば、電車通りの向うの清島小学校へ入るべきところを、祖父が「電車道は、正太郎にあぶねえ」の一言で、寄留がきまった。

長らく、この町で錺職《かざりしょく》の職人をしていた祖父の慈愛を、いま、五十になった私は、しみじみとおもい起すのだ。

朝昼晩。春夏秋冬。東京の下町は、それぞれに異なる物売りの声に明け、暮れるといってよかった。

雪の朝の、納豆売りの少年の健気《けなげ》な声。春の夕暮れを子供ごころにも物哀《ものがな》しくさせる豆腐問屋のラッパの音。そして夏の昼下り、うだりきって風も絶えた油照りの中にきこえる定斉屋《じょさいや》の鐶《かん》の音……といっても、いまの若い人にはわかるまい。定斉というのは煎《せん》じ薬のことである。その一対の大きな薬箱を天秤《てんびん》にかけ、重そうに担いで来る行商人が定斉屋だ。荷箱がゆれるたびに、薬箱の引出しにつけたいくつもの鐶がカタカタと音をたてるのである。

そうした夏の日に、表通りに面した仕事場で双肋《もろはだ》ぬぎとなって仕事をしている祖父の、香ばしい汗の匂い。

午後になって、大森の海でとれた蟹《かに》を売る声が町をながして来ると、祖父は、

「さあ、蟹を買って来い。ひと休みだ」

という。

ゆであげた蟹が笊《ざる》に山盛りとなっているのを、家族が手づかみで食べる。

当時、東京の下町では、これが三時《おやつ》であった。

私が生まれたところは、浅草聖天町《しょうでんちょう》であったが、関東大震災に焼きはらわれ、しばらくは浦和に疎開していい、それから東京へもどったとたんに、父母が離婚したので、私は母

ともども、永住町の祖父の家へ引き取られたのである。

祖父は三年後に亡くなった。

以来、母が女手ひとつに、私と弟を育てたわけだが、先ごろ、母が簞笥《たんす》の底から探し出した私の、小学校の成績表を見ると、栄養が〈甲〉となっている。

これには、つくづく、ありがたいとおもった。

私どもの大半は、小学校を出ると、外へ出てはたらくものとおもいこみ、上の学校へ行くことなど、はじめから、

「おもっても見なかった……」

のである。

それだけに、いまの子供たちのように勉強や試験に苦しめられることなく、一日一日を元気いっぱいに遊び暮したものだ。

そのころの下町には、諸方に大きな材木置場や空地、草原があったものだ。

夜の闇《やみ》につつまれた材木置場は、私たちの〈巣窟〉であった。

草原での焚火《たきび》には、さつまいもが突き込まれ、焼きたてのそれをふうふういいながら食べる。

夕暮れになれば、なんと、蝙蝠《こうもり》が飛び交っていたものである。

そういえば、私が祖父の手もとへ引き取られたころ、永住町の二階裏の物干しへ出ると、

彼方《かなた》の上野駅に汽車が発着するのを見たものであった。

夏の、両国の花火の夜は屋根にのぼる。

そして、年の暮れになると、どんなに貧乏をしていても、畳を替え、障子を貼《は》り、松飾りをして、来るべき新年にそなえる。

となり近所は、何事にも助け合った。このために、どのような貧乏暮しにも下町の人びとは活気をうしなわなかった。

上野と私

私は、旧下谷区と浅草区の境い近い浅草永住町で育ったが、小学校は上野のすぐそばの西町小学校であった。

したがって、浅草六区の盛り場と上野の山は、子供のころの私たちと切っても切れぬ。

上野の山には、私どもの秘密の場所がいくつもあって、たとえば美術館の傍の木立の中の穴へ何かを隠しておいたり、精養軒のひろい庭にあった藁《わら》屋根の四阿屋《あずまや》へキャラメルの箱を隠しておき、数日して、そこへ行き、

「あった、あった」

なぞと、つまらぬことに大よろこびをしたりしたものだ。

そのころ、東大の学生さんたちが、よく精養軒の庭の茶店へ来て、コーヒーやソーダ水をのんだりしており、私たちにも仲よくつき合ってくれた。

いずれも、きちんと制服を着、帽子をかぶり、私たちの目には、

「すばらしい大人《おとな》」

に見えた。

町の人びとも、彼らを「学生さん」とよび、たいせつにあつかったし、彼らも、それにこたえ、礼儀正しかった。

町の人びとは彼らに対して、

「いずれは、日本のためになってはたらいてくれる人たちだから、たいせつにしてあげなくてはいけない」

という気もちをもっていたようである。

Mさんという東大生は、私どものために、英文のタイプライターで名刺をつくってくれた。

それは、なんというすばらしい贈り物だったろう。

大人のまねをして名刺をもってみたいという欲望に、私どもはかねてからとらわれつづけていた。

ローマ字で打たれた十枚の名刺を、私はいつまでもたいせつにしていたが、戦災で焼いてしまった。

Mさんや、その友だちと、

「つぎは木曜日の午後に会おう」

と、約束して帰ってくると、その日が、待ち遠しくてならなかった。

学生さんたちは、とき折、私たちにソーダ水やアイス・クリームをごちそうしてくれた。

私どもはクレヨンで描いた図画などを進呈すると、学生さんたちは大よろこびをしてくれ、

「ぼくの下宿の壁に飾ってあるぞ」

などといって、私どもをよろこばせた。

そのころの上野はよかった。

子供ごころにも、池《いけ》ノ端《はた》仲通りの、しずかな、落ちついた商店がならぶ道すじが好ましく、夕飯をすませてから、よく散歩に出かけたものだ。

いまは、すっかりなくなってしまったが、裏手は花柳界で、日暮れなどに通りかかると、格子窓の向うで芸者が双肌《もろはだ》ぬぎになって化粧をしている。子供ごころにも胸がどきどきしたものだ。

小づかいがあるときは、町をひとまわりして寄席の鈴本へ入る。

私のごひいきは故桂文楽で、そのころ、売り出しの文楽は三十七、八であったろう。

息もつかせずに、たたみこんでゆくのが当時の文楽の芸で、晩年の文楽とはまったくちがっていたようにおもわれてならない。

ともかく、小学生の、十歳から十三歳ごろまでの私どもは、そうしたたのしみを味わいながら、上野と浅草で育ったのだ。

運動会がせまると、夜の上野の山でマラソンをやったこともある。

通りかかった巡査（警官）が、

「夜だからあぶないぞ。よし、私がついて行ってやろう」

と、いっしょになって走ってくれたりした。

運動会は美術館傍の広場でおこなわれたのである。

戦後の上野は荒廃してしまったが、復興も目ざましかった。

江戸時代からの地形が、上野には辛《かろ》うじて残っている。

これ以上、打ちこわしてもらいたくない。

いつだったか、あの不忍池《しのばずのいけ》を野球場にするというので、出稼ぎの事業家が手をのばしたことがあり、あぶないところで喰《く》いとめた。

二度と、このようなまねをしてもらいたくない。

乱読の歳月

私が子供のころの、子供たちが読む雑誌や単行本といえば、何といっても講談社のものが多かった。

母や叔父が本を読むことが好きだった所為《せい》か、いつの間にか字をおぼえて、七歳で小学校へ入ったときの私は少年倶楽部を読んでいた。

毎月、毎月、つぎの発売日を待つまでの一カ月を、私どもは一ページ一ページを読むのが惜しい気持ちで少年倶楽部を読み、発売日になると、友だちと一緒に朝も暗いうちから書店の前へ立ちならび、本が届くのを待ったものだ。

そのときの、汗ばむほどに握りしめていた五十銭銀貨の感触を、いまも忘れない。

少年倶楽部には、吉川英治・大佛《おさらぎ》次郎・山中峯太郎《みねたろう》・佐々木邦《くに》などの諸氏が、ちからをこめた小説を連載し、毎号、私たちは熱狂して読んだ。

その中でも、私は大佛・佐々木両氏が大好きで、佐々木氏の〔苦心の学友〕などは、いま読んでも上質のユーモア小説だとおもう。

大佛氏の〔山を守る兄弟〕などは、嵐寛寿郎《あらしかんじゅうろう》が映画化したが、主人公の兄弟の役ではなく、脇役に出て来る幕府の隠密《おんみつ》が主人公になっていて寛寿郎が演じた。これには私ども大いに不満で、

「これからは、アラカンを観《み》ないことにしよう」

などと、いい合ったものだ。

長じてのち、その敬愛する大佛次郎氏が、私の直木賞の受賞の日に祝辞をのべて下すったことは、私の胸の内にそっと隠されていた感激であった。

このことを、亡師・長谷川伸に語ると、長谷川師は両眼《りょうめ》を細めて、

「よかったねえ」

と、やさしい声でいわれた。

横浜に縁が深いこともあって、長谷川師と大佛氏は、たがいに好意を抱き合っていたようにおもう。

私は十三歳で小学校を卒業すると、すぐに株式仲買店へはたらきに出た。

それから間もなくのことだが、同じ店の先輩が谷崎潤一郎著〔春琴抄〕を読んでいたのを借りて読むや、たちまちに私は谷崎氏の小説の擒《とりこ》になってしまった。

それからは夢中で、谷崎氏の諸作を読み漁《あさ》ったものだが、どこが好きだったかと尋《き》かれ

ても返答に困る。

強いていうなら、谷崎氏の小説には、

（贅沢《ぜいたく》なものが、いっぱい詰め込まれている……）

感じがしたのだ。

これまでに読んだ日本の小説にはないものを感じた。

たとえていうなら、同じころ、岩波文庫によって、つぎからつぎへと読みはじめたヨーロッパの小説と似たようなものを感じたといってよい。

世の中に出てからの私にとって、岩波文庫の恩恵は大きかった。定価が安いばかりではなく、外国の文化を読書によって知るためには、もっとも便利だったからである。

もちろん乱読であって、モーパッサンからバルザック、ディッケンズからスティーヴンスン、マーク・トゥエーンから〔良寛詩集〕だの、チンダルの〔アルプスの氷河〕だの、ヒルティの〔眠られぬ夜のために〕まで読んだ。

読書によって向上したいというのではなく、私にとって読書は、あくまでも〔娯楽〕であり、わからぬところは飛ばし、つまらぬ本は読むのをやめてしまう。

だが、トルストイの〔戦争と平和〕や、ドストエフスキーの諸作などは十代のころに読まなかったら、根気がつづかなかったろうとおもう。

あのころは、よく遊びもしたが、よく読みもした。

あのころの一年は、感覚の上で現在の十年に匹敵するようにおもえる。

田中冬二《ふゆじ》氏の詩に取り憑《つ》かれて、その詩の一篇《ぺん》になっている上越国境の谷底にある法師温泉へ出かけたりしたのも、そのころだ。当時は猿ケ京から二里の道を歩いた。日が暮れた暗い山道の向うに一軒宿のラムプの灯が見えたとき、東京育ちの私は、まるで夢幻の中にいるようで、それからは何かにつけて法師温泉へ出かけたものである。

木下仙氏のモダンな小説に魅了され、徳本峠《とくごう》を越え、はじめて上高地を見たのも、同じころだったろう。

こうして太平洋戦争を迎えることになるのだが、私は出征する前に徴用令を受け、芝浦のK製作所へまわされ、軍用機の精密部品をつくることになった。

旋盤工となったときのことは何度も書いたので省略するが、私は旋盤工となって、生まれてはじめて、自分の躰《からだ》で物を造る仕事についたのであった。

そうした折に読んだのが、アランの〔精神と情熱に関する八十一章〕で、小林秀雄訳、東京創元社の版だったとおもう。

この本には瞠目《どうもく》した。

人間の肉体と心の秘密を、このようにおもしろく語った本を読んだことがなかったし、また、もっとも苦手とする機械を相手に、躰と手をつかって仕事をするという経験を味わ

っていた私には、この本の、たとえば、

「物は、いろいろ推量してみたり、ためしてみたりして初めて知覚される。あそこにいる男を僕は最初、郵便屋だと思った。あの車は実は肉屋の車だった。あの風に揺らぐ木の葉は、実は小鳥だったというぐあいに、僕らの知覚は、めいめいで素早く調査を行い、間違った不安定な足場を築く。そこへ元来がうかうかとした言葉というものが一種の断案を下す」

などという文章の活字が紙面から飛び出し、自分の眼の玉へ吸い込まれるようにさえおもえたものだ。

　このようなアランの言葉は、旋盤を相手に悪戦苦闘している私の現状に、いちいち結びつくのである。

　人間の心と躰のつながりが、このようなものだったかと、おもい知らされたのだ。

　アランは、フランスの高校《リセ》の教師として一生を終えた人だけに、自分が手塩にかけた何千人もの若者の性格と人生を見つづけてきており、それが、この老碩学《ろうせきがく》の言葉に千金の重味を加え、実践の裏打ちがなされている。

　旋盤は、あくまでも人間の心身が操作する機械であり、コンピューターでもなく自動機械でもない。だから恐ろしいまでに機械へ反映する自分そのものがわかるのである。

　それから、アランの著作を探しては読みふけった。

妙なことだが、このときの機械工としての体験は、後年、私の劇作や小説の基盤となっている。

さて……。

そのうちに、いよいよ私も海軍へ入ることになった。

入隊までの、民間人としての最後の二日を修善寺ですごしたが、

(何か、宿屋で読む本を……)

と、おもっても、上野駅前の書店の本棚には、おもしろそうなものが一冊もない。

戦争関係の本が、パラパラと置かれているだけなのだ。

その中に一冊、小川未明の童話集があったので、これを買い、車中でも宿屋でも読みふけった。

修善寺から横須賀へ直行すると、従兄《いとこ》が待ちかまえていたので、未明の童話集をわたし、

「これを浅草の家へ届けておいてくれないか」

たのむと、従兄が、

「お前、よく、本が読めたもんだな」

と、いった。

従兄は戦地で病気になり、帰還して間もなかった。

小川未明童話集は、他の本と共に東京の家で戦災を受け、みんな、灰になってしまった。

その前に、横浜航空隊にいた私は外出で東京へ来たとき、マルセル・パニョルの戯曲〔マリユウス〕と〔ファニー〕の二冊を隊へ持ち帰った。マルセイユを舞台にした、このパニョルの名作を訳したのは永戸《えいと》俊雄《としお》氏で、まさに名訳であった。

白水社から出版されて間もなく、文学座がこれを築地小劇場で上演し、まだ若かった杉村春子のファニーと亡き森雅之のマリユウス。三津田健のセザール、中村伸郎《のぶお》のパニスという配役で、私たちを大いによろこばせた。

こうして終戦後、復員した私の雑嚢《ざつのう》の中に入って、パニョルの二巻は私と共に生き残った。定価一円二十銭。藤田嗣治《つぐはる》装幀《そうてい》の二巻は、いまも私の書庫の中にある。

貧乏寸感

　私は、旧制の小学校を出て、十三才の春から大人の中にまじり、はたらきはじめたのだから、私の家が貧乏だといえば貧乏だったのだろうが、東京の下町では私の家のような貧乏暮しは少しも、めずらしくなかった。

　そもそも、腹が空《す》いてたまらぬ、というおもいはしたことがない。

　東京に代々を暮していて、怠けずに、はたらいていれば食べるに困るということは、先ずなかった。私と弟は母の女手ひとつで育てられたが、いまも老母は、

「あたしは、子供を育てることについて、別に苦労をしたおぼえはない」

　といっている。

　子供のころに体験をした貧乏の活気は、実に、なつかしいものだが、本当の貧乏などというものは、こんなものではない。後日、私は故あって、東北の貧困な農村の実情を、くわしく知ったが、大事な女の子を遊女に売らねばならなかったように、日本の一部農村の貧困は江戸時代と少しも変らなかった。

そして太平洋戦争・前後の、ひどいありさまは、それこそ飢餓に近いものだったが、それも私だけがそうだったのではない。日本人の大半が苦しんだのだ。

現代は、ほとんどの日本人に貧乏はなくなったといってよい……のだろうか。

そのかわりに、子供たちの自殺が、やたらに増えてきた。

現代の貧困は、かたちを変えてあらわれたのだろう。

まさに「百薬の長」

生まれて、はじめて酒をのんだのは、四歳のときだったという。

もちろん、そのときのことを、私は、よくおぼえていない。

当時、私の一家は関東大震災で東京を焼け出され、一時、埼玉県の浦和へ住んでいた。

父は、日本橋・小網町《こあみちょう》の綿糸問屋の通い番頭をしてい、毎朝、浦和から東京へ通勤していた。

父は、大酒のみである。

いくらのんでも、くずれない。

文字どおり、

「女より、酒」

であった。

後年、父と母が離婚してしまい、私は母方へ引きとられることになったが、それ以来、戦後に亡くなるまで父は再婚をしていない。

老いてからの父は、よく、

「女なんか、めんどうくさくて……」

と、いっていたものだ。

戦時中に、父と名古屋で会い、父のなじみの旅館へ行き、二人して二升ほどのんだことがある。

父が苦心して手に入れた闇酒であったが、私が相当にのみこなすのを見て、父は、

「これは、どうも……」

おどろきもし、うれしがりもした。

ところで……。

四歳の私が酒をのんだのも、日ごろ父が一升びんの酒を徳利へつぎ、燗《かん》をしている姿を見ていて、そのまねをしたのらしい。

私は酒をコップに半分ほどつぎこみ、これをみんな、のんでしまったという。

もちろん、たまったものではない。

私が苦しみ出したので、父が台所へ来て、私が酒をのんだことを知り、

「これは大変だ」

いうや、私を抱いて外へ飛び出した。

折から日曜で、父は在宅してい、外は大雪であったそうな。

して、

「こいつが、いちばんいい」

と、父は、とめる母の手をふりはらい、私の躰を、つもった雪の上へごろごろところが
「酔いをさまそうとした」

のだそうである。

そして、私はなんでもなかった。間もなく苦しみもおさまり、元気になった。

そのことを、すこしもおぼえてはいないが、そのくせ、同じころに石切場で遊んでいて、落ちて来た石に手をはさまれて怪我をしたときの様子は、おぼろげながらおぼえている。

むかし、新国劇の芝居を書いていたころ、名古屋で、島田正吾氏が、

「いっぺんでいいから、池波さんを泥酔させて見たい。あんたは、酔っぱらって何もわからなくなるようなことがないから、つまらないんですよ」

などといったが、島田自身、泥酔は大きらいなほうだし、泥酔したことも恐らくないだろう。

私の場合は、酒をのんでいても、あたまが冷えているというのではない。

私は、のんでいて酒がうまくなると、ひかえてしまうのだ。

それが、私にとっては、もっともたのしい酒の飲み方である。上きげんである。

はじめ、顔が真赤になり、のみすすむうち、それが平常にもどる。

夜ふけからはじまる仕事がない日に、

「さあ、今夜はゆっくりやろう」

というとき、気の合った友だちとなら、いまでも一升はやれる。

これまで、最高にのんだのは、島田正吾氏と二人きりで、大阪・北の〔ひとり亭〕という酒亭で三升のんだときだ。

この酒亭は、一風変った店で、肴《さかな》は、すりおろしたわさびのみ。酒は一升びんをもって来させ、他人をまじえず、二人きりでのんだのだから、明け方に一升びん三本が空《から》になったのを見て、その量がはっきりとわかったのである。

そして翌日。島田氏は平常通り舞台に立ち、私は宿へ帰って翌月の公演のための脚本を書いたものだ。いまは、とてもできない。
十五、六年前のことである。

酒をまったくのまぬ人に、早死が多いという。

独身者にも、それが多いとか……。

それはさておき、いまの私にとって、酒はまさに、

「百薬の長」

に、なってしまった。

小説を書く仕事は、どうしても運動が不足するし、中年になると、尚更《なおさら》そうなる。

そうした躰の血のめぐりをよくするのは、酒がいちばんだ。

酒あればこそ、食もすすむ。

夕暮れに、晩酌をし、食事をすませてのち一時間ほど、ぐっすりねむる。

これで、昼間の疲れが、私の場合は一度にとれてしまう。

按摩《あんま》をする前にも、かるく酒をのんでおくほうがよい。

効果が、倍になるとおもう。

仕事が行きづまり、苦しみ悩んでいるときは、決して酒に逃げない。こういうときの酒は、もっとも躰によろしくない。

酒はたのしい気分のときにのみ、のむ。

「それなら、あんたは毎日、晩酌をしているんだから、毎日たのしいんですか？」

と、文藝春秋社の社長・池島信平にいわれたことがある。

「そうです。一日中つまらなかったというのは、一年のうちに二日か三日ですね」

といったら、

「あんたは、ふしぎな人だ」

と、池島氏にいわれた。

いうまでもなく、夜ふけから明け方まではたのしいどころではない。

仕事中だからだ。

この間は一滴ものまぬ。

仕事を終え、ベッドへ入る前に、軽くウィスキーをのむだけである。

その日の仕事が順調にすすんだとき、寝しなにのむウィスキーは、たまらなくうまい。

まあ、私の酒なぞは、他人から見ると、あまりおもしろ味のない酒なのであろう。

だが、いまの私にとって、いざ、やめろといわれても、煙草《タバコ》よりも酒のほうが、はなれがたい気がする。

私の正月

〔酒徒番附〕（「酒」昭和46年3月号）で横綱になったのだそうな。

いや、恐れ入りました。

私が料理屋やバアへはらう勘定は、とてもとても横綱のものではない。

五十の坂へのぼりかけているいま、私の酒量は、ぐっと減っている。

適量は、日本酒四合。

ウイスキーなら水わり六、七杯。

十時前後に帰って、一時間ほど横になると、すっかり疲れがぬけてしまう。

ゆえに、私にとって、酒をのむことは自分の健康を維持していることになるのであろう。

昨年は暮れに、のんびりと十日ほど、どこか、雪のつもりはじめた北陸の一隅へでも沈潜しようかとおもっていたが、それもできなかった。

しかし、年末の旅へ出ても、大晦日《おおみそか》には帰宅する。

例年、正月は自宅で迎えないと気がすまず、あれだけ京都へは足をはこんだくせに、一度も、京の正月をしたことがない。

年末も、おなじように仕事をする。

仕事をしつつ、酒をのみ、年末にすませておかなくてはならぬ雑事をつぎつぎに果し終えて行くにつれ、正月の近づく実感が身にこたえてくる。

時代小説を書くものにとって、

「雑事雑用に没頭すること」

が、とりも直さず、自分の仕事をふくらませてくれることにもなるのである。

大晦日。

ひるごろに、毎年、加賀・金沢出身の夫婦が、私の母がつけた〔菜漬〕を一樽《たる》うけとりに来る。

そのころ、私は起き出し、食事をすませて、年に一度、山手樹一郎氏を訪問する。

これも、もう十五、六年つづいている私の大晦日の行事になってしまった。

二階の、山手氏の書斎の前の廊下に立つと、障子の向うから、

「寒かったろう。さ、入んなさい」

早くも、氏の声がかかる。

約一時間、とりとめもないことを語り合って辞去するのだが、昨年は、山手氏にも私にも恩師の未亡人にあたられる人が亡くなられたので、はなしは、しんみりとしてしまった。

「これで何だねえ、却《かえ》って先生が亡くなったことが、いよいよ実感としてせまってくるねえ」と、山手氏。

夜に入って帰宅。

入浴して、酒をのむ。

それから二時間ねむる。毎日のことなり。

九時ごろ、起きてテレビを見物。

去年の大晦日はヒッチコックの〔鳥〕を見た。

母と家人は、階下で〔紅白歌合戦〕を見る。これが終ると、女たちが年こしそばの仕度をする。

以前は、山手家の帰りに、私が池ノ端の〔やぶ〕で買って来たものだが、このごろは、永坂の〔さらしな〕で良い〔ほしそば〕を売っているので、うまいのが家で出来る。

女たちは〔花まき〕をつくる。

私は、もりにする。

それから、これも毎日のごとく、仕事にかかる。

元日。

朝十時に、入浴をすませ、旧冬に母が縫いあげた新しい着物を着る。

そこへ、母と家人がそろってあらわれ、

「今年《こんねん》も、よろしく、おねがいします」
と、あいさつをする。二匹の猫も「ニャゴニャゴ」とあいさつをする。
私は、
「うむ」
大きくうなずいて、家長の威厳をしめす。威張れるのは我家のみなり。
それから屠蘇《とそ》、雑煮となる。
午後から、来客相次ぐ。
のんでのんで、のみつづける。
この日は、さすがに仕事をしない。
二日から、平常のごとく、仕事にかかる。
ここ十何年もの間、判でおしたようにくり返される、これが私の正月だ。

愛妻記

植草甚一氏が、

「梅公《うめこう》」

と書いたり、呼んだりしている奥さんのことを、いつであったか、何かの座談会の折に、

植草氏が、

「うちの女房なんか、名を呼んだことありませんよ」

と、いわれた。

「では、何と呼ばれるのです?」

「おいです。ただ、おいと呼ぶんです。ぼくは靴の紐《ひも》も家内に結ばせますよ」

と、植草氏は胸を張った。

おそらく嘘《うそ》ではあるまい。

そのとき同席していた○○氏が、つくづくと、

「うらやましいですなあ」

と、いったものだ。

しばらくして、植草氏と親密な淀川長治氏に、このときのことをはなし、

「植草さんは、相当な亭主カンパクらしいですな」

と、いったら、淀川氏が、

「ウソよ、ウソよ。あの人は相当な愛妻家ですよ。家へ帰れば、とても仲がよくて甘いんですよ」

と、いわれた。

その後、数年して、植草氏夫妻と京都を散歩したことがある。

そのときの印象からいえば、どうやら淀川氏のいうことが本当らしい。

はじめにニューヨークへ行ったときの植草氏の日記を読むと、やたらに「梅公」の名前が出て来る。手紙を書いたり、指輪を買ったりしているのだ。

ただ、私がおどろくのは、京都に生まれた戦前派の植草氏の奥さんが、近年は夫君と一緒に夏のニューヨークへ出かけて四十日も五十日も滞在し、平気であるばかりでなく、

「ニューヨークにいると、とてもたのしくて、落ち着きます」

と、いわれたことだった。

私の家内なら三日ともつまい。

第一に、食べものだけでも、もつまいとおもう。

この御夫妻は、まことにうらやましい。

どちらがどちらを感化したのか、それは知らないが、植草氏が愛妻家であることは、まぎれもない事実なのである。

某月某日

今年の末に私ども夫婦が仲人《なこうど》をするA君B嬢が来て、当日の打合せをする。私も今度で五度目の仲人をつとめることになった。

たのまれ仲人の場合はさておき、はじめから双方を世話するのは、これで、なかなか骨の折れるものだ。今度も、はじめはいろいろと工夫をし、あるときは強引に事をはこびもし、あるときは知らぬふりにすごし、二人を接近させるためには或《あ》る程度の技巧を要した。それもこれも、この二人が〔似合い〕と見たからであって、いまとなれば両人とも、しごく満足そうである。

婚礼当日の紋服を点検する。羽織のひもがすこし汚れているので、買いに出かける。銀座にも浅草にも思うようなのがない。結局、銀座のE店へ行き、あつらえることにする。

銀座で食事をすませ、帝劇九階の稽古《けいこ》場にて、来月上演する〔鬼平犯科帳〕の本読みをやる。十何年ぶりの本読みなり。本読みヌキで稽古に入ろうといったのだが、主演の松本幸四郎氏の希望でやることになった。まずい本読みでも「作者が読むのをきくのが、いちばん、よくわかる」とのことなり。終って帰宅。酒を二合のんでねむってしまう。

某月某日

午後、帝劇稽古場にて、読合せヌキにして、いきなり立稽古へ入る。これ位にせぬと、とてもまとまらぬほど、むかしにくらべて稽古の日がとれない。俳優たちは、まことに多忙をきわめている。今度などは稽古の日がめずらしくとれたほうだそうな。

東宝プロデューサーの辰巳嘉則君は、芝居のことを実によくわきまえてい、私にとってはまことにやりよい。演出助手についてくれた佐藤・増田・小森・中野の四君が、これまた非常によい。おかげで、私は楽に仕事をすすめることができる。

むかし、私が芝居の仕事をしていたころのスタッフもかなりあつまってくれたし、こころ強い。

夕方、銀座へ出て、すしやで酒二合をのみ、すしを食べ、〔B屋〕へ行き、カンパリソーダをのみつつ、酔いをさまし、九時から帝劇へ行き、稽古三時間。帰宅して新聞小説を三回分執筆。ぐっすりとねむる。

某月某日

夜ふけ。幸四郎氏に招《よ》ばれ、赤坂の〔M〕へ行く。NETの田中氏同席。来年再開のテレビ〔鬼平〕の打合せなり。去年の秋ごろは、テレビの〔鬼平〕と舞台のかけもちで疲労しきっていた高麗屋《こうらいや》も、この一、二月を休養に当てたので、血色すこぶるよし。

水割り五杯をのみ、帰宅して読書をしつつ、竹の子とワカメのぬたで酒三合をのむ。冷《ひや》でのんだものだから、急にきいてきて仕事がめんどうになり、ねむってしまう。

某月某日

夜九時から稽古。大詰《おおづめ》の高麗屋の殺陣《たて》は、新国劇からよんだ宮本曠《こう》二《じ》郎《ろう》がつけた。よい殺陣なり。久しぶりに宮本のつけた殺陣にタンノウする。月末までの仕事はほとんど片づけてあるので、稽古中は、原稿もあまり書かずにすむ。結局、われわれはどのような健法を常々おこなっていても、原稿の締切りに追われることが、もっともいけない。そうなると、いっぺんに体をやられてしまうのだ。

某月某日

芝居の稽古が月末に近づくにつれ、短篇が一つ、やはり残ってしまった。今日は稽古休みで仕事にかかろうとするが、まる一日、何も出来ぬ。短篇を短い日数のうちに一つ書くことは、はじめて小説を書くときのような興奮をおぼえるかわりに、書く当人は必死だ。月のうちに二つ三つ短篇を仕上げるときなどは寿命がちぢむおもいがする。

夜半、ついにあきらめ冷酒二合をのみ、ぐっすりとねむってしまう。こんなとき、酒がのめる体なのは幸福なり。

某月某日

暖日。汗ばむほどなり。

午後、高輪《たかなわ》のホテルにてY・S両家の媒酌をつとめる。このホテル、オープン早々にて新しくもあり、万事に行きとどき、安心をしていられる。今年は、もう一組、仲人をすることになりそうだ。

帰宅後、二時間ほどねむり、小説書き始む。書き出しは、やはり辛《つら》い。五時間かかって十枚すすめ、ベッドへもぐりこむ。

某月某日

小雨。いよいよ〔総ざらい〕の日になる。

昼すぎより、東宝の稽古場で、劇場側とスタッフ一同そろって〔顔寄せ〕がおこなわれる。〔顔寄せ〕に出るのも何年ぶりかのことだが、こうした芝居の空気を吸っていると、やはり、むかしの若かった自分の姿が想い起されて来る。

まだ不完全ながら、今日の稽古には〔音〕が入るので、略《ほぼ》、自分が書き演出をした舞台の全貌をたしかめることができる。私としてはこの〔総ざらい〕のときに、初日の幕を開けたときのすべてがわかってしまう。これだけは、むかしから狂ったことがない。

演出助手諸君の活躍で、進行はスムーズであった。

おもいのほかに、早くとれる。

夜ふけ。浅草〔D屋〕へ行き、旧友たちと共に大いに飲む。

某月某日

朝から雨。

舞台稽古の日なり。

昨夜、外神田の〔花ぶさ〕の女将《おかみ》がもってきてくれた赤貝とぶりの刺身で、めずらしく朝から二杯も御飯を食べた上に、稽古中に鰻丼《うなどん》ひとつ。夜に入って海苔巻《のりまき》一箱をぺろりとやってしまう。近来、おどろくべきことなり。むかしほどうごきまわって稽古をするわけではないのだが、やはり、それだけ体をうごかしているのだろう。

今度の稽古は、有能なるスタッフのおかげで、私は実に楽にやれた。

十時に帰宅し、新聞小説を五回分書けたのも、そのおかげであろう。

中央公論百年によせて

中央公論誌には「獅子」という長篇小説を連載したが、そのほかに、歌舞伎俳優・中村又五郎の評伝のごときものを連載した。

この「又五郎の春秋」は、又五郎氏の半生と、その生態を追ったものだ。

その連載中に、中央公論の編集者・近藤大博《もとひろ》さんの助力を得たことは、何よりも忘れがたい。

近藤さんなくしては、とても、あの短時日の間に、他の仕事の間を縫って、原稿をまとめられなかったろう。

取材に協力を惜しまなかった又五郎氏も、おそらく、同じようにおもっておられるだろう。

小説の仕事では、これまで一度も締切りに遅れたことのない私だけに、編集者との深い交際が生じなかった。

他人とつきあうことの下手な私は、それゆえにこそ、原稿の締切りだけは守ることにしている。

しかし、三十年も、この仕事をしていると長いつきあいになる編集者も何人かいて、近藤さんも、ずっと私の友人でいてくれている。

中央公論社と私の関係は、先ず、こうしたものだ。

勘ばたらき

年に一度、私どもが〈名人〉とよんでいる人に、人相と手相を看《み》てもらう。もう十年にもなるので、名人のいうことをいちいちノートに書きとめたりしていて、知らず知らず、私も、他人の人相・手相に関心をもつようになったことは事実である。

といっても、私の同業で、先輩でもある五味康祐《やすすけ》氏のように、専門的に、この道をまなんだわけではないから、私が他人の相を看るのは、ひとつの〈遊び〉といってもよい。

それにしても……。

私自身の〈勘ばたらき〉が冴《さ》えているときは、ふしぎに当たる。

数年前のことだが、作家であり、新評社の編集顧問でもある吉岡達夫氏と酒をのんでいたとき、たわむれに、人相と手相を看て、「あなた。ここ二年ほどは、お気をつけなさい。病気か怪我か、どっちか知らないが、ひどい目にあいそうだ」

といったら、それから数カ月後に、吉岡氏は自動車事故で重傷を負ってしまった。

これにはどうも、私もびっくりしたが、吉岡氏もすっかり青くなってしまい、それから

は顔を合わせるたびに、

「大丈夫でしょうか？」

と、いわれる。

ところで、私のみならず、人間だれでも、知らぬうちに人相を看ているのだ。第一印象がいいとかわるいとかいうのもそれであって、見合いをしている若い男女たちも、無意識のうちに、たがいの人相を看ているのである。

人間というものはたとえば、食事をするときの箸《はし》やフォークのあつかい方を見ても、その人の性格がはっきりとあらわれてしまうものだし、歩き方、声、話し方にも、それがあらわれる。

人相・手相などといって、バカにしてはいけない。しかるべき人に看てもらえば、自分のみか家族の健康状態から病患まで、ズバズバと指摘されてしまう。

こういう人たちは、看てもらう者が部屋へ入って来た瞬間の印象を非常に大切にする。

そこでまず、パッと看てしまうらしい。第一印象というものは、それほどに大切なものだが、これを看る方に、看るだけの人生経験と、豊富なデータが乏しいと狂いが生じてくることはもちろんである。

いつであったか、大阪の街路に出ていた老人の人相手相見に、自分のことは自分でわからないものなのか、と、聞いて見たら、こういう返事があった。

「私なぞは、自分の顔や手を看て、よいとおもうと安心をして努力をしないし、悪いとおもうと、あきらめてしまうものだから、いつまでたっても梲《うだつ》が上がらないのですなあ」

江戸・東京の暮し

私の家は、父方も母方も五代、六代にわたって江戸にいたので、地方には一人の親類もない。したがって、これまでも、また、これからも江戸……いや、東京と運命を共にするよりほかに道はない。太平洋戦争中には三度も戦災を受け、丸裸になってしまったものだ。

私どもでも「江戸っ子」と言ってよいのは祖父母あたりまでで、私の代になってしまうと、そのようによばれることが面映《おもはゆ》くてならぬ。

しかし、

「東京人《びと》」

と、よばれることは、少しも嫌ではない。そのとおりだからだ。

俗に、

「三代つづかなくては、本当の江戸っ子ではない」

などというが、これは他の何処《どこ》の土地でも同じことなので、大阪にしろ京都にしろ、または金沢にしろ、三代つづいて同じ土地に暮しつづけて、ようやくに土地の風習にもなじみ、我他人共《われひと》に違和感がなくなり、その土地に同化することができるという意味なのであろう。

現代のように、人びとの移動が激しい時代ともなれば、東京も大阪もあったものではない。移動する人びとによって、土地の風習のみか、風土や景観までが、たちまちに変貌してしまう。

私の家は、父方が宮大工。母方は小大名の江戸詰の家老の家から出て明治維新後に落魄《らくはく》し、錺《かざり》職人になったというわけで、親の代からの東京の下町での暮しが、いまの私にもわずかながら伝わっているにすぎない。

「江戸っ子は五月《さつき》の鯉《こい》の吹流し」

などという。

よくいえば、言葉づかいは荒くとも、心はさっぱりとして、ふくむところがないというわけで、悪くいうなら、五月の鯉で、口先ばかり。真実味がないということになる。

いまになってみると、

(なるほどなあ……)

と、おもわざるを得ない。しかし後者のほうは何も江戸っ子のみにかぎるまい。口先ばかりは何処の国にもいる。

また、

「江戸っ子は宵越《よいご》しの銭《ぜに》は使わぬ」

と、いう。

金ばなれがよいというわけか。

「江戸っ子の生まれ損《ぞこな》い金を溜《た》め」

という川柳もある。

まあ、そういう江戸っ子もいたろうが、つまりは、江戸で生活をするかぎり、悪事もせず、一所懸命にはたらいていれば、何といっても将軍家の膝元《ひざもと》の大都市ゆえ、食べるには困らぬということもあり、三代つづいて同じ町内に住み暮していると、となり近所が家族同様となってしまい、困っている人に救いの手を差しのべることは当然のことであったからだろう。

それゆえ、明日をおもいわずらわず、貯金などに精を出すこともなく、貧乏は貧乏なりに、その日その日を、できうるかぎりにたのしむという気質は、たしかにあった。

私の母などは、父と離婚をした後、女手ひとつに家族を抱えて働き出したわけだが、そうした江戸の下町の名残りがあった環境あればこそ、何とかやってこられたのだとおもう。

そのことを幼少のころの私は、身にしみてわかっている。

また母にしても、わずかな余裕さえあれば、これを他人のために役立てることについて、ためらいはなかった。母のみではない。だれもがそうだったのである。

あのころの、東京の下町は一つの生活共同体であって、金がなくとも暮して行けたと、そういってよいほどの感覚が、たしかに存在していたのだ。

そのかわり、そうした人情に甘えすぎて、さまざまな悲喜劇が生まれたことも事実である。

私の代になってからは、東京も変ってしまったし、私も母のようにはまいらぬ。

亡師・長谷川伸に、私は、

「君は東京人なんだが、ふしぎに、九州人と東北人を、まぜ合わせたようなところがあるねえ」

と、いわれたことがある。

戦後、現在の土地(品川区荏原《えばら》)に住みついて三十年ほどになるが、こうなると滅多に移転ができなくなってしまう。

近所の人びとも三十年来のなじみとなり、何かにつけて心強い。

私の家は小さな家で、細道に遊ぶ子供たちの声が書斎まで聞こえてくるし、戸という戸は夏も冬も開け放しになっているが、原稿を書くのに少しも支障がない。

これは、むかしの東京の下町の、家と道とが一つになっていた暮しが私の身についてしまっているからなのだろう。

むかしの下町の道路は、その町に住む人びとの〈サロン〉だったのである。

初出一覧

I　歳月を書く

一升ますには一升しか入らぬ（『百人百話　ことわざにみる日本人の心と姿』ＰＨＰ研究所、昭和五十一年）
維新の傑物　西郷隆盛（「時」昭和四十一年五月号）
楠の樹に映る薩摩藩士の姿（「週刊朝日」昭和五十一年四月五日増刊号）
維新前夜の事件と群像（『日本歴史シリーズ17　開国と攘夷』世界文化社、昭和四十二年）
時代小説を志す人のために（「新評」昭和四十五年十一月号）
敵討ちについて（「新刊ニュース」昭和四十六年八月十五日号）
やはり大石内蔵助（「新評」昭和四十七年五月号）

盲動するのはいつも権力者（「潮」昭和四十五年六月号）
武田家の興亡（『ワイドカラー日本7　富士 箱根 伊豆』世界文化社、昭和四十八年）
加賀百万石と前田家（『ワイドカラー日本8　北陸』世界文化社、昭和四十八年）

Ⅱ　あたたかい街

余白に（「新国劇ニュース」昭和二十七年十月一日）
うれしいこと（「北日本新聞」昭和四十三年二月二十二日）
上田の印象（『信州上田の四季』上田市観光課、昭和五十年）
北海の旅（「地上」家の光協会、昭和三十九年一月号）
セトル・ジャンの酒場（「暮しの手帖別冊　ご馳走の手帖」平成元年十一月）
私の近況（「新刊ニュース」昭和五十年十月号）

Ⅲ　劇場のにおい

「鈍牛」について（「新国劇八月公演プログラム」昭和二十六年八月）

「夫婦」（「新国劇二月公演プログラム」昭和三十一年二月）

「牧野富太郎」と「黒雲谷」（「新国劇三月公演プログラム」昭和三十二年三月）

「風林火山」の脚本と演出について（「新国劇十月公演プログラム」昭和三十二年十月）

「高田の馬場」（「新国劇三月公演プログラム」昭和三十三年三月）

パトロンと青年（「新国劇十月公演プログラム」昭和三十四年十月）

「賊将」（「新国劇二月公演プログラム」昭和三十四年二月）

初めて見た芝居（「明治座開場八十周年記念　六月特別公演プログラム」昭和四十八年六月）

がんばれ南方君（「家の光」昭和三十八年十一月号）

日本の映画作家たち（「キネマ旬報」昭和五十年十一月上旬号）

歴史転換期の庶民の知恵　サンタ・ビットリアの秘密（「キネマ旬報」昭和四十五年三

月上旬号）
フェリーニへの憧憬の念　オール・ザット・ジャズ（「キネマ旬報」昭和五十五年八月下旬号）
驚くべき精神と肉体（『世界の映画作家19　チャールズ・チャップリン』キネマ旬報社、昭和四十八年）
遠い思い出（「日比谷映画劇場　さよならフェスティバル」東宝、昭和五十九年十月）

Ⅳ　下町の少年

浅草六区（『東京昭和十一年　桑原甲子雄写真集』晶文社、昭和四十九年）
下町の少年（前同）
上野と私（「うえの」昭和五十年二月号）
乱読の歳月（『読書と私：書下しエッセイ集』文春文庫、昭和五十五年）
貧乏寸感（「週刊サンケイ　小説ＷＯＯ」昭和六十一年一月三日臨時増刊号）
まさに「百薬の長」（「小説サンデー毎日」昭和四十七年八月号）

私の正月（「酒」昭和四十六年三月号）
愛妻記（「ユリイカ　特集・植草甚一氏の奇妙な情熱」昭和五十三年十一月号）
某月某日（「小説新潮」昭和四十六年六月号）
中央公論百年によせて（「中央公論」昭和六十年一月号）　※「『又五郎の春秋』の連載」を改題
勘ばたらき（「週刊朝日　まんが朝日74年春」昭和四十九年四月三十日増刊号）
江戸・東京の暮し（「歴史と人物　江戸の二十四時間」昭和五十五年十月増刊号）

［単行本時の編注］

＊池波正太郎記念文庫より提供の資料、および宮沢則雄氏作成の池波正太郎未収録作品リストを参照し、編集・制作しました。

＊本書は、雑誌や新聞、公演プログラムなどに掲載され、これまで単行本に未収録だった、池波正太郎によるエッセイを集成したものです。（編集制作後、「やはり大石内蔵助」「上野と私」「まさに『百薬の長』」はそれぞれ、『新年の二つの別れ　池波正太郎エッセイ・シリーズ3』（朝日文庫、二〇〇八年一月刊）所収の「大石内蔵助」「上野」「酒に交われば」に改題された文章と同一であることが判明しました。ただし、同書に記載の無い初出誌・初出タイトルが今回明らかとなっていることから、あえてそのまま収録しました）

＊収録した文中には、今日からみると不適切と思われる表現がありますが、執筆時の時代背景、および筆者が故人であるという事情に鑑み、あえてそのままとしました。

＊本文については、原則的に初出に従い、表記の全体的な統一は行いませんでしたが、便宜上、旧漢字・旧仮名遣いを新漢字・新仮名遣いに改め、明らかな誤字・脱字と思われるものを訂正し、句読点を補い、ルビを整理するなどの処理を施した箇所があります。

＊「浅草六区」「下町の少年」については、初出時に桑原甲子雄氏撮影の写真と共に掲載されましたが、本書では編集方針により写真を割愛し、本文のみ掲載しました。

単行本編集制作協力・資料提供　池波豊子
池波正太郎記念文庫
オフィス池波
宮沢則雄

・本書は二〇一一年五月、幻戯書房より単行本として刊行されました。

Haruki Bunko
ハルキ文庫

い 21-1

一升枡《いっしょうます》の度量《どりょう》

著者 池波正太郎《いけなみしょうたろう》

2015年8月18日第一刷発行

発行者 角川春樹

発行所 株式会社角川春樹事務所
〒102-0074 東京都千代田区九段南2-1-30 イタリア文化会館

電話 03(3263)5247(編集)
03(3263)5881(営業)

印刷・製本 中央精版印刷株式会社

フォーマット・デザイン 芦澤泰偉
表紙イラストレーション 門坂 流

ISBN978-4-7584-3926-8 C0195 ©2015 Ayako Ishizuka Printed in Japan
http://www.kadokawaharuki.co.jp/[営業]
fanmail@kadokawaharuki.co.jp[編集] ご意見・ご感想をお寄せください。

辺見じゅんの本

決定版　男たちの大和〈上〉〈下〉

〈大和は美しいフネだった。（略）青春を犠牲にして悔いのないフネだった〉――昭和十六年十月、極秘のうちに誕生した、不沈戦艦「大和」の予行運転が初めて行われた。同十二月、太平洋戦争突入。そして戦況が悪化した昭和二十年四月六日、「大和」は三千三百三十三名の男たちを乗せ、沖縄への特攻に出撃した。日本国と運命を供にした「大和」の過酷な戦いと男たちの人生を、丹念に、生々しい迫力をもって描く、鎮魂の書。新田次郎賞受賞。

ハルキ文庫